Gruppo editoriale Mauri Spagnol, Milano

Stampato in Italia da *Grafica Veneta*
Prima ristampa: Novembre 2020
A cura di: *Annalisa Strada*
Progetto grafico: *Due mani non bastano*
Illustrazione di copertina: *Ilaria Faccioli*

Nord-Sud Edizioni

Jules Verne

VIAGGIO al CENTRO della TERRA

CHE C'È DA SAPERE IN PIÙ

Ecco i contenuti extra che vanno oltre la storia!

Jules Verne nacque a Nantes, in Francia, nel 1828, e morì ad Amiens nel 1905. Doveva diventare avvocato, secondo i desideri del padre magistrato, ma grazie alla sua passione per la scrittura e per il progresso e la tecnologia, riuscì a trovare una professione più vicina al suo straordinario talento e ai suoi desideri!
Voleva davvero fare lo scrittore, ma non scrisse di amore o di altro. Divenne uno scrittore speciale e unico nel suo genere perché inventò le avventure scientifiche: scrisse sessantadue romanzi e ventisette racconti.
Oggi lo ricordiamo come il padre della fantascienza, perché le storie che ci ha regalato sono tutte basate sulle più bizzarre invenzioni del tempo e su alcune sue intuizioni scientifiche.
Jules scrisse storie ambientate sulla terra, intorno alla terra, sotto la terra e in fondo al mare. I suoi libri sono tradotti in decine e decine di lingue e conosciuti in tutto il mondo.
Uno dei crateri della Luna è stato chiamato con il suo nome.
Il 2005, anno del centenario della sua morte, è stato proclamato l'anno di Jules Verne.
Il giorno 8 febbraio, il suo compleanno, Google gli ha reso omaggio: le lettere che compongono il logo del motore di ricerca più famoso (e utilizzato) al mondo si sono trasformate per l'occasione negli oblò del sottomarino Nautilus.

In questa avventura Verne immagina una incredibile gara tra realtà e immaginazione. Il libro *Viaggio al centro della Terra*, infatti, viene pubblicato per la prima volta nel 1864.

Come altre sue opere, è considerato un romanzo scientifico, che ai giorni nostri verrebbe però catalogato come fantascientifico perché parla di un viaggio in un mondo altro, soprattutto sconosciuto.
L'espediente che l'autore si inventa è quello di un misterioso messaggio cifrato che fa riferimento al viaggio dentro le viscere del pianeta compiuto da un temerario scienziato. Poi però Verne decide, pur conoscendo le ultime teorie scientifiche sulle altissime temperature del nucleo terrestre e sulla forza di gravità, che l'avventura deve avere il sopravvento nella sua storia e quindi si abbandona alla fantasia.
In effetti possiamo dire ancora oggi che il viaggio dello scienziato Otto Lidenbrock e di suo nipote Axel è davvero movimentato e pieno di colpi di scena, in una parola: avventuroso.
Il romanzo è punteggiato di indicazioni scientifiche che sorreggono molto la narrazione, come per esempio il dettaglio finale con la bussola impazzita durante la navigazione sotterranea.
Proprio perché così attento all'avventura e anche a certi affari di cuore di Axel, che alla fine si sposerà, questo romanzo è stato molto amato dal cinema e dalla televisione, ma addirittura ha ispirato numerosi videogiochi. L'ultimo è quello di Nintendo DS.

1

Il 24 maggio 1863 era domenica e lo zio, il professor Lidenbrock, rientrò di corsa nella sua casetta al 19 della Konigstrasse, una delle più antiche strade del centro storico di Amburgo. La nostra brava Marthe pensò di essere in ritardo, visto che il nostro pranzo cominciava giusto in quel momento a sobbollire sul fornello della cucina.

Bene, pensai, se lo zio ha fame, vista la sua solita impazienza inizierà a urlare.

"È arrivato il signor Lidenbrock!" esclamò Marthe meravigliata, socchiudendo la porta della sala da pranzo.

"Sì, Marthe, ma se il pranzo non è pronto, non importa. È suonata solo adesso la mezza alla chiesa di San Michele."

"Come mai allora il signor Lidenbrock è già ritornato?"

"Forse ce lo dirà."

"Ecco che arriva! Io scappo. Mi raccomando a lei, signorino Axel, lo faccia ragionare."

E la buona Marthe si rintanò nel suo laboratorio culinario.

Rimasi solo, ma il mio carattere tutt'altro che deciso non mi avrebbe consentito di discutere con il più irascibile dei professori. Mi preparavo perciò a tornare nella mia cameretta, quando la porta d'ingresso cigolò, passi pesanti fecero scricchiolare la scala di legno e il padrone di casa attraversò la camera da pranzo e si precipitò nello studio. Durante quella fulminea apparizione aveva buttato in un angolo il bastone con il pomo a forma di schiaccianoci, fatto volare sulla consolle il suo cappellone a pelo raso e richiamato il nipote con parole tonanti: "Axel, vieni qui!"

Non avevo avuto il tempo di muovermi che già il professore si era spazientito: "Insomma! Vuoi venire?!"

Mi precipitai nello studio del terribile zio. Otto Lidenbrock non era affatto cattivo ma, salvo non capitino improbabili cambiamenti, impaziente era e impaziente rimarrà. Era professore allo Johanneum, dove teneva un corso di mineralogia. Si arrabbiava almeno un paio di volte per lezione. Non che si preoccupasse della frequenza degli allievi o del successo che potevano conseguire dopo il diploma: questi erano particolari che non gli interessavano. Insegnava in un modo caro alla filosofia tedesca: per il proprio piacere e non per quello degli altri. Era un sapiente un po' egoista, un pozzo di scienza, la cui carrucola cigolava se qualcuno cercava di attingervi. Spiritualmente era un avaro, ma professori di questo tipo non sono rari in Germania.

Purtroppo, lo zio non aveva il dono dell'eloquio, almeno quando parlava in pubblico: un difetto spiacevole per un conferenziere. A dire la verità, durante le sue lezioni allo Johanneum, spesso il professore si fermava di colpo, lottava contro una parola recalcitrante che non voleva proprio arrivargli alle labbra, una di quelle che resistono agli inviti della memoria, si amplificano e si gonfiano fino a uscire nella forma poco scientifica della bestemmia. Questo era un motivo delle sue grandi arrabbiature.

In mineralogia ci sono parecchi termini composti da parole greche e latine difficili da pronunciare, paroloni che scorticherebbero le labbra a un poeta.

Non voglio parlare male di questa scienza, per carità! Ma quando uno si mette a pensare alle cristallizzazioni romboedriche, alle resine retinasfaltiche, ai galeniti, ai fangasiti, ai molibdati di piombo, ai tungstati di manganese e ai titanati di zirconio, anche la lingua più sciolta corre il rischio di incepparsi. In città la gente sapeva di questo difetto dello zio e ne approfittava: lo aspettava al varco sulle parole difficili. Lui ci si arrabbiava e quelli sghignazzavano, che non è buona educazione nemmeno per dei tedeschi. Così, se c'era sempre una notevole affluenza di ascoltatori ai corsi di Lidenbrock, buona parte dei suoi ospiti abituali veniva soltanto per prenderlo in giro e divertirsi alle sue sfuriate!

Comunque lo zio, non lo ripeterò mai abbastanza, era un vero dotto. Anche se a volte faceva a pezzi i campioni perché voleva saggiarli con troppa energia, in lui si fondevano il genio del geologo e l'occhio acuto del mineralogista. Con il martello, la punta d'acciaio, l'ago calamitato, il cannello e, soprattutto, con il flacone dell'acido nitrico in mano, era un uomo grandioso.

Dalla forma che aveva una volta spezzato, dall'aspetto, dalla durezza, dalla fusibilità, dal suono, dall'odore e dal gusto di un minerale qualsiasi, lui sapeva classificarlo senza esitazioni tra le seicento specie che la scienza conta al giorno d'oggi. Per questo il nome di Lidenbrock era citato nelle scuole e nelle associazioni scientifiche. I signori Humphry Davy, von Humboldt, i capitani Franklin e Sabine, non mancarono di porgergli i propri omaggi quando furono di passaggio ad Amburgo. I signori Becquerel, Ebelmen, Brewster, Dumas, Milne-Edwards, Sainte-Claire-Deville lo consultavano sulle questioni di maggiore urgenza nel settore della chimica.

Questa scienza gli doveva importanti scoperte: nel 1853 era stato pubblicato a Lipsia un *Trattato di cristallografia trascendente* a firma di Otto Lidenbrock, in formato in folio e con illustrazioni, libro che con le scarse vendite non coprì nemmeno le spese di stampa. Si aggiunga a tutto questo che lo zio era conservatore del museo mineralogico del signor Struve, ambasciatore di Russia: una collezione preziosa di fama europea.

Questo era il personaggio che mi chiamava con tanta impazienza. Immaginatevi un uomo alto, magro, con una salute di ferro, i capelli ancora naturalmente biondi che gli facevano dimostrare almeno dieci anni di meno, considerando che aveva superato la cinquantina. I suoi grandi occhi si muovevano di continuo dietro gli occhiali enormi. Il naso, lungo e affilato, ricordava la lama di un rasoio: le malelingue sostenevano che fosse un naso calamitato e che potesse attirare la limatura di ferro. Era una pura calunnia: attirava solo il tabacco, in gran quantità!

Quando avrò aggiunto che lo zio faceva sempre passi lunghi mezza tesa, e che camminando teneva i pugni stretti, a prova dell'impetuosità del suo temperamento, ne saprete abbastanza sul suo conto, o almeno quel che basta per evitare la sua compagnia.

Il professore abitava nella sua casetta di Konigstrasse, costruita per metà in legno e per metà in mattoni, con un bel frontone dentellato.

Si affacciava su uno di quei canali curvi che si incrociano in mezzo al quartiere vecchio di Amburgo, fortunatamente risparmiato dall'incendio del 1842.
È vero che la casetta era un po' sbilenca, è vero che sembrava sporgesse il ventre verso i passanti e che portasse il tetto sulle ventitré come il berrettino d'uno studente della Lega della Virtù (la società fondata dagli studenti tedeschi nel 1808 per cacciare i francesi e che fu assai importante nella preparazione della guerra del 1813). La verticalità delle linee certo lasciava a desiderare, ma nell'insieme stava ancora salda in piedi con l'aiuto d'un vecchio olmo vigorosamente incastrato nella facciata. In primavera, le sue gemme si spingevano contro i vetri delle finestre.
Per essere un professore tedesco, lo zio si poteva considerare moderatamente ricco. Possedeva la sua casa e ciò che essa conteneva. Il contenuto era costituito dalla figlioccia Grauben, una ragazza del land di diciassette anni, dalla brava Marthe e da me. Nel mio doppio ruolo di nipote e di orfano ero il suo assistente e lo aiutavo nelle sue ricerche. Ammetto che avevo attitudine per le scienze geologiche: sangue di mineralogista scorreva nelle mie vene e in compagnia dei miei sassolini non mi annoiavo mai.
Insomma, potevamo vivere felici e contenti in quella casetta della Konigstrasse, nonostante gli scatti di impazienza del padrone di casa perché, anche se lo dimostrava in modo brusco, pure lui mi voleva bene. Ma era un uomo che non aveva la virtù della pazienza ed era sempre iperagitato.
Quando, in aprile, aveva piantato nei vasi di maiolica del salotto alcune pianticelle di reseda o di convolvolo, non resisteva dall'andare a tirarne ogni mattina le foglioline pensando di farle crescere più rapidamente. Di fronte a un tipo del genere, non restava che ubbidire: ecco perché mi precipitai nel suo studio.

2

Lo studio era un vero e proprio museo. Vi si trovavano schedati in ordine perfetto, secondo le tre grandi suddivisioni di infiammabili, metallici e litoidi, tutti i campioni del regno minerale.
Conoscevo bene tutte quelle carabattole mineralogiche! Quante volte, anziché andare a giocare con i miei coetanei, mi ero divertito a spazzolare le grafiti, le antraciti, le ligniti e le torbe! E i bitumi, le resine, i sali organici che dovevano essere difesi dai pulviscoli della polvere! E i metalli, dal ferro sino all'oro, il cui valore spariva di fronte all'assoluta eguaglianza dei campioni scientifici! Tutte quelle pietre sarebbero bastate per ricostruire la casetta di Konigstrasse, persino con una camera in più, in cui mi sarei sistemato come un pascià!
Non pensavo a tutto questo mentre varcavo la soglia dello studio, perché solo lo zio occupava i miei pensieri. Era sprofondato nella sua enorme poltrona tappezzata di velluto di Utrecht e teneva tra le mani un libro che esaminava con grande ammirazione.
"Che libro! Che libro!" gridava lo zio, estasiato.
Questa esclamazione mi ricorda che ho scordato di dire che il professor Lidenbrock, nei momenti di svago, è anche bibliomane: ma un libro valeva qualche cosa ai suoi occhi solo se era introvabile o almeno illeggibile.
Mi disse: "Come? Non lo vedi? Stamattina frugando nella bottega di Hevelius ho trovato un tesoro che non ha prezzo".
"Magnifico!" risposi entusiasta. Perché far tanto baccano per un vecchio tomo in-quarto con il dorso e le plance di volgare vacchetta, un libro ingiallito da cui ciondolava un segnapagina sbiadito? Le meraviglie del professore si protraevano a lungo.
"Guarda!" esultava, ponendosi la domanda e dandosi la risposta. "Non è bello? È meraviglioso! Che rilegatura! Questo libro si apre facilmente? Sì, perché resta aperto a ciascuna pagina. E si chiude bene perché copertina e fogli formano un insieme compatto, che non si

separa e non lascia interstizi! E questo dorso? Non ha una sola scalfittura, dopo settecento anni! Ecco una rilegatura di cui Bonzerian, Closs o Purgold sarebbero fieri!"
Mentre parlava, lo zio apriva e chiudeva in continuazione il libro. Non potevo fare a meno di chiedere quale fosse il suo contenuto, benché non m'importasse.
"Qual è il titolo di questo splendido volume?" domandai con una premura eccessiva per essere sincera.
"Quest'opera" s'infervorò lo zio "è l'*Heims-Kringla* di Snorre Turleson, famoso scrittore islandese del XII secolo: è la storia dei sovrani norvegesi che regnarono in Islanda."
"Accidenti!" dissi cercando di sembrare ammirato. "Con ogni probabilità è tradotto in tedesco, giusto?"
"Una traduzione? E che me ne farei?! Questa è l'opera originale, è in islandese, una lingua magnifica, semplice e ricca nello stesso tempo, che consente combinazioni grammaticali originali e modificazioni di parole!"
"Come il tedesco" considerai.
"Sì" rispose lo zio con un'alzata di spalle, "senza contare che l'islandese ammette i tre generi, come il greco, e declina i nomi propri come il latino!"
"Ah!" esclamai, un po' scosso nella mia indifferenza. "E sono apprezzabili i caratteri del libro?"
"Caratteri? E chi ha mai parlato di caratteri?! Si tratta di ben altro. Ecco qui: ti sembrano stampati? Ignorante! È un manoscritto runico!"
"Runico?"
"Sì, e adesso mi chiederai di spiegarti cosa significa."
"Me ne guarderò bene" replicai, colpito nel mio amor proprio.
Ma lo zio non si arrese e iniziò a insegnarmi nozioni che non mi interessavano.
"Le rune" attaccò a dire, "erano caratteri usati anticamente in Islanda e, secondo la tradizione, furono inventati da Odino, il dio più importante della mitologia germanica e scandinava, che ha molto in co-

mune con il Giove della mitologia greca. Guarda qui: ammira queste lettere uscite dalla fantasia di una divinità!"

Non sapevo cosa ribattere e stavo per annuire, secondo quel modo di rispondere che deve piacere agli dei e ai re, perché ha il vantaggio di non imbarazzarli mai, qualora un imprevisto venga a sviare la conversazione.

In quel momento apparve una pergamena unta, che scivolò dal libro e cadde a terra. Lo zio ci si precipitò sopra con una avidità facilmente comprensibile. Un vecchio documento, nascosto lì da chissà quanto, aveva ai suoi occhi un valore immenso. Distese subito sulla tavola quel pezzo di pergamena: era lungo cinque pollici e largo tre, e vi si schieravano in righe orizzontali le lettere alfabetiche incomprensibili. Da quei segni stravaganti dipese la decisione del professor Lidenbrock e di suo nipote d'intraprendere la più strana spedizione avvenuta nel XIX secolo.

Per qualche minuto il professore esaminò i segni, poi sollevò gli occhiali e dichiarò: "È runico. Sono lettere identiche a quelle del manoscritto di Snorre Turleson. Chissà cosa vogliono dire?"

Poiché il runico era, per me, un'invenzione dei dotti per abbindolare gli sprovveduti, fui contento di vedere che anche lo zio non ci capiva nulla. Almeno così mi sembrò dal muoversi delle sue dita, che si agitavano freneticamente.

Mormorava a denti stretti: "Si tratta sicuramente di islandese antico..." E non credo sbagliasse poiché era ritenuto un vero poliglotta. Non che parlasse le duemila lingue e i quattromila dialetti che si parlano sulla Terra, ma una buona parte di essi gli era nota. Stava per abbandonarsi a tutta l'impetuosità del suo caratteraccio di fronte alla difficoltà, e già prevedevo la scenata che stava per iniziare, quando la pendola del caminetto scandì le due. In quello stesso momento Marthe aprì la porta dello studio e annunciò: "La minestra è in tavola".

"All'inferno la minestra!" sbottò lo zio. "All'inferno chi l'ha fatta e chi se la mangerà!"

Marthe scappò. Io le corsi dietro e, senza rendermene conto, mi trovai subito al mio solito posto in sala da pranzo. Aspettai qualche at-

timo, ma il professore non venne. Era la prima volta, per quel che ricordavo, che non prendeva parte alla solenne cerimonia del pranzo. E che pranzo, poi!
Minestrina al prezzemolo, frittata al prosciutto con acetosella e noce moscata, lombatina di vitello e per finire gamberetti dolci, il tutto accompagnato da eccellente vino della Mosella. Un vecchio scartafaccio imponeva la rinuncia a tutto questo bendiddio. Da parte mia, da bravo nipote affezionato, mi sentii in obbligo di mangiare anche la parte dello zio e lo feci coscienziosamente.
"Non è mai accaduta una cosa simile!" diceva la brava Marthe. "Il professor Lidenbrock che non viene a tavola! È incredibile. Sarà successo qualche cosa di grave."
La mia opinione era che stava solo per succedere una scenata spaventosa nel momento in cui lo zio si fosse reso conto che il suo pranzo era già stato divorato. Gustavo l'ultimo gamberetto quando una voce rimbombante mi strappò dal dessert. Con un salto fui nello studio.

3

"È proprio runico" diceva il professore, con le ciglia aggrottate. "Ma deve esserci un segreto e io lo scoprirò, altrimenti..." Un gesto violento concluse il suo pensiero.

"Mettiti lì" aggiunse indicandomi il tavolino, "e scrivi."

Fui pronto in un attimo.

"Ora ti detterò tutte le lettere del nostro alfabeto con la corrispondenza in lingua runica. Staremo a vedere. Ma non ti sbagliare o saranno guai!"

Iniziò a dettare. Mi dedicai al mio compito con tutta l'attenzione. Una dopo l'altra furono dettate tutte le lettere. Si formò così questa incomprensibile sequenza di parole: m.mlls esreuel, sgtssmf unteief, kt,samn atrateS, emtnael nuaect, Atvaar .nscrc ccdrmi eeutul, dt,iac oseibo, seecJde, niedrke, Saodrrn, KediiY.

Conclusa questa fase del lavoro, lo zio prese il foglio su cui avevo scritto e lo esaminò a lungo.

"Che cosa significa?" ripeteva tra sé.

Io certo non avrei saputo dirglielo, ve lo giuro. Del resto, lui non mi chiese niente e continuò a parlottare da solo.

"Secondo me questo è un crittogramma, in cui il significato è nascosto sotto lettere intenzionalmente disordinate e che però, messe nella giusta successione, potrebbero formare una frase sensata. E pensare che forse qui c'è l'indicazione o la spiegazione di una grande scoperta!"

Io pensavo che non ci fosse proprio un bel niente, ma tenni per me la mia opinione, non si sa mai... A quel punto il professore prese libro e pergamena e li comparò.

"Le due scritture non sono della stessa mano. Il crittogramma è più tardo del libro. Eccone una prova inconfutabile: la prima lettera è una doppia emme, lettera che cercheremmo inutilmente nel libro di Turleson, dato che fu aggiunta all'alfabeto islandese solo nel XIV secolo. Perciò tra manoscritto e documento passano almeno due secoli."

Questo discorso mi sembrò abbastanza logico.

"Sono portato a pensare" riprese lo zio, "che sia stato uno dei proprietari del libro a scrivere il crittogramma. Ma chi diavolo sarà stato? Forse potrebbe aver messo il suo nome in qualche punto del manoscritto."
Lo zio si levò gli occhiali, prese una lente di ingrandimento e cominciò a esaminare attentamente le prime pagine del libro. Sul retro della terza, l'occhiello, scoprì una specie di sgorbio che a prima vista sembrava una macchiolina d'inchiostro. Esaminandola da vicino, vi si notavano alcune lettere parzialmente cancellate. Lo zio si accorse che l'indizio era interessante: si accanì a decifrare lo sgorbio e con la lente riuscì a decifrare quelle lettere dell'alfabeto runico che lesse senza esitare: "Arne Saknussemm!" esclamò trionfante. "È il nome di uno scienziato islandese del XVI secolo, un famoso alchimista!"
Guardai lo zio con una certa ammirazione.
"Gli alchimisti" proseguì, "come Avicenna, Bacone, Lullo, Paracelso, erano i veri scienziati del loro tempo. Questo Saknussemm potrebbe aver nascosto sotto il crittogramma qualche meravigliosa invenzione."
A quest'ipotesi la fantasia del professore si animava.
"Certo" considerai, "ma che interesse poteva avere lo scienziato a nascondere così una scoperta?"
"Perché? Eh, come posso saperlo… Forse Galileo non fece altrettanto per Saturno? Staremo a vedere: scoprirò il segreto di questo documento. Non mangerò né dormirò finché non lo avrò decifrato..."
"Accidenti!" pensai.
"E naturalmente farai così anche tu, Axel" concluse.
"Meno male che ho pranzato per due!" dissi tra me e me.
"Prima di tutto" proseguì lo zio, "bisogna trovare la chiave di questo messaggio cifrato. Non dovrebbe essere difficile."
A queste parole drizzai le orecchie. Lo zio proseguì il suo monologo.
"Anzi, è abbastanza facile. In questo documento ci sono 132 lettere, di cui 79 consonanti e 53 vocali. Le parole delle lingue meridionali rispettano più o meno questa proporzione, mentre i linguaggi nordici hanno molte più consonanti. Perciò è una lingua meridionale."
"Conclusione giustissima."
"Ma quale sarà questa lingua?"

"Era qui che ti volevo, caro zietto, anche se sei un analista molto dotto!"
Lui continuò: "Questo Saknussemm era molto colto. Se non scriveva nella sua lingua, doveva scegliere la lingua delle persone colte della sua epoca, cioè il latino. Se sbaglio, proverò con il francese, lo spagnolo, l'italiano, il greco o l'ebraico. Però gli scienziati del XVI secolo generalmente scrivevano in latino. Quindi ho il diritto di pensare a priori che è latino!"
Sobbalzai sulla sedia. I miei ricordi di latinista si ribellavano all'ipotesi che quella serie di parole contorte potessero appartenere alla musicale lingua di Virgilio.
"Per esser latino, lo è" riprese lo zio. "Ma è contraffatto."
"Ci siamo!" pensai. "Se riuscirai a trovare l'originale sarai proprio bravo, caro zio."
"Esaminiamo con calma la situazione" e, mentre diceva questo, mi tolse di mano il foglio su cui avevo scritto. "Ecco una serie di 132 lettere che si presentano apparentemente in disordine. Ci sono parole in cui si incontrano solo consonanti, come la prima m.mlls, e altre in cui le vocali abbondano, per esempio unteief o oseibo. Questa disposizione non può essere casuale: è prodotta matematicamente dalla ignota ragione che ha ispirato la successione di queste lettere. Credo che la frase originale debba essere stata scritta regolarmente, poi scomposta secondo una legge che dobbiamo individuare. Se si scopre la chiave di questo messaggio cifrato, lo si potrà leggere correntemente. Ma quale sarà la chiave?"
Non risposi niente a questa domanda e avevo un'eccellente ragione: stavo guardando un bel ritratto che era appeso al muro, il ritratto di Grauben. La figlioccia dello zio si trovava in quel momento ad Altona, presso una sua parente. La sua lontananza mi rendeva triste perché... e va bene, lo confesserò: io e la bella virlandese ci volevamo bene. Senza che lo zio ne sapesse nulla, ci eravamo fidanzati. Lo zio era troppo assorbito dalla geologia per comprenderci.
Grauben era una bella ragazza: bionda, con gli occhi azzurri, il carattere piuttosto riservato e chiuso; e mi voleva molto bene. Io l'adoravo.

L'immagine della mia graziosa virlandese mi aveva fatto sognare a occhi aperti trasportandomi nell'universo della fantasia e dei ricordi. Rividi la mia fedele compagna di giochi e di studi. Mi aiutava ogni giorno a tenere in ordine i minerali dello zio e vi attaccava con me i cartellini. Anche lei era una mineralogista! Avrebbe potuto impartire lezioni a un professore universitario. Le piaceva molto approfondire i più complessi problemi scientifici. Quante dolcissime ore avevamo trascorso studiando insieme! Quante volte avevo invidiato le pietre insensibili sfiorate dalle sue tenere manine!

Durante l'ora della ricreazione uscivamo insieme, ci incamminavamo per i viali ombreggiati dell'Alster e andavamo al vecchio mulino, così suggestivo, all'altra estremità del lago. Chiacchieravamo tenendoci per mano. Quando arrivavamo in riva all'Elba, davamo la buonasera ai cigni che nuotavano tra le grandi ninfee bianche e rientravamo in città con il vaporetto. Ero arrivato proprio a questo punto del mio sogno, quando lo zio batté un pugno sul tavolino e mi riportò alla realtà.

"Vediamo... la prima idea che viene per camuffare le parole d'una frase è quella di scriverla in verticale anziché in orizzontale."

"Perbacco!" pensai.

"Vediamo se funziona. Axel, scrivi una frase qualunque su quel pezzo di carta ma, anziché sistemare le lettere una dopo l'altra in orizzontale, mettile in verticale, per poter riunire le lettere in gruppi di cinque o sei."

Subito scrissi dall'alto in basso: "Tiomca iobiod vmealb oonpae gleiGn lt,cr!"

"Va bene" approvò il professore, senza leggere quello che scrivevo. "Ora metti le parole su una riga orizzontale."

Obbedii e ottenni la frase: "Tiomca iobiod vmealb oonpae gleiGn lt,cr!"

"Benissimo!" approvò lo zio e mi tolse il foglietto. "Ecco, assomiglia già a quel vecchio documento: le vocali e le consonanti sono raggruppate con lo stesso disordine. Ci sono anche maiuscole e segni di interpunzione proprio in mezzo alle parole, esattamente come nella pergamena di Saknussemm!"

Ammetto che quelle considerazioni mi sembrarono ingegnose.

"Ora" continuò rivolgendosi a me, "per leggere la frase che hai scritto, e che non conosco, mi basterà prendere in successione la prima lettera d'ogni singola parola, poi la seconda, poi la terza, e così via."

Lo zio, con suo grande stupore (e mio ancor maggiore) lesse in tedesco: "Ti voglio molto bene, mia piccola Grauben!"

"Come sarebbe?!" esclamò.

Eh, sì, senza accorgermene, da quell'innamorato sventato che ero, avevo scritto una frase compromettente.

"Allora ami Grauben?" proseguì con il tono di tutti i tutori di questo mondo.

"Sì... cioè no..." balbettai.

"Ami Grauben..." ripeté. "Benissimo, voglio dire, applichiamo lo stesso metodo al documento."

Ricaduto nella sua mania indagatrice, lo zio s'era già dimenticato le mie parole. La testa d'uno scienziato non poteva forse capire le cose del cuore!

Nel momento di compiere la sua esperienza più significativa, gli occhi del professor Lidenbrock mandavano lampi attraverso gli occhiali. Le sue dita tremarono leggermente quando prese la vecchia pergamena. Era commosso. Tossì e con voce solenne, leggendo in successione la prima lettera e poi la seconda di ogni parola, mi dettò la frase seguente: "mmessunkaSenrA.icefdo.K.segnittamurtn ecertserrette,rotaivsad ua,ednecsedsadne lacartniiilu JsiratracSarbmutabiledmek meretarcsilucoYsleffenSnJ".

Mentre finivo di scrivere, confesso d'essere emozionato. Le lettere dettate una per una non mi avevano suggerito niente, ma mi aspettavo dunque che il professore pronunciasse con la solita magniloquenza una stupenda frase latina.

Invece... chi se lo sarebbe mai aspettato?! Un pugno da scaricatore di porto fece traballare il tavolino. L'inchiostro schizzò fuori dal calamaio, la penna mi scappò di mano. Lo zio gridò: "Non ci siamo! Non ha senso!"

Poi, attraversando lo studio con la velocità d'un proiettile, scendendo le scale come una valanga, si precipitò in Konigstrasse e se la diede a gambe.

4

"È andato via?" gridò Marthe, accorsa al fracasso del portone sulla strada, che aveva fatto tremare la casa.
"Sì" risposi. "Se n'è proprio andato."
"Ma... il pranzo?"
"Non pranzerà."
"E la cena?"
"Non cenerà."
"Come?" disse Marthe congiungendo le mani.
"No, cara Marthe: non mangerà più. Anzi nessuno mangerà più in questa casa. Lo zio Lidenbrock ci terrà a digiuno fino a quando avrà decifrato una vecchia scartoffia di cui non si capisce niente!"
"E allora non ci resta che morire di fame."
Non osai confermarle che, vista la testardaggine dello zio, quel destino sembrava inevitabile. Terribilmente preoccupata, la vecchia serva tornò in cucina.
Rimasto solo, pensai di andare a riferire ogni cosa a Grauben. Ma come lasciare la casa? Il professore poteva tornare da un momento all'altro. E se m'avesse chiamato? Se avesse voluto ricominciare il logogrifamento a cui nemmeno il vecchio Edipo sarebbe stato capace di trovare una soluzione? Se mi chiamava e non mi trovava, che cosa avrebbe fatto?
Meglio rimanere. Un mineralogista di Besançon ci aveva appena mandato una collezione di geodi silicei, raggruppamenti irregolari di cristalli nella pietra silice, che dovevano essere classificati. Mi misi all'opera. Li ripulii, etichettai e disposi nella loro vetrina. Ma questo lavoro non mi distraeva dai miei pensieri. La faccenda del vecchio documento continuava a preoccuparmi, mi ribolliva in testa. Sentivo un non so che, come se presentissi una catastrofe imminente.
Dopo un'ora i geodi erano sistemati. Mi buttai allora nella vecchia poltrona di Utrecht, con le braccia penzoloni e la testa indietro. Acce-

si la pipa dal lungo cannello ricurvo. Ogni tanto mi mettevo ad ascoltare se si sentivano passi su per le scale. Niente. Dove sarà stato lo zio in quel momento? Lo immaginavo correre sotto gli alberi del bel viale di Altona gesticolando, battere contro i muri con il bastone, frustare l'erba delle aiuole, decapitare i cardi e turbare il riposo delle cicogne. Sarebbe ritornato a casa trionfante o scoraggiato? Chi avrebbe vinto? Lui o il segreto? Mi ponevo queste domande, quando presi il foglio tra le mani. Mi ripetevo: che cosa significherà?

Cercai di riunire le lettere in modo da formare parole di senso compiuto. Provai a riunirle a gruppi di tre, di quattro, di cinque, di sei lettere ma non ricavai niente che avesse senso. C'erano però la quattordicesima, la quindicesima e la sedicesima che formavano la parola inglese *ice*, ghiaccio.

L'ottantaquattresima, l'ottantacinquesima e l'ottantaseiesima formavano la parola *sir*. Infine, alla terza riga notai le parole latine *rota*, *mutabile*, *ira*, *nec*, *atra*.

"Queste ultime parole" pensai, "sembrerebbero dar ragione allo zio riguardo la lingua del documento! Inoltre, alla quarta riga vedo anche la parola *luco*, cioè bosco sacro. Ma alla terza riga si legge la parola ebraica *tabiled*. E all'ultima riga i vocaboli *mer*, *arc*, *mère* francesi."

Che rompicapo! Quattro lingue in una sola frase assurda. Che rapporto poteva esserci tra ghiaccio, signore, collera, crudele, bosco sacro, mutabile, madre, arco o mare? Solo la prima e l'ultima si abbinavano: non c'era da meravigliarsi che in un documento scritto in Islanda si facesse riferimento a un mare di ghiaccio. Ma da qui ad aver trovato la chiave per interpretare il crittogramma ne correva. Mi dibattevo contro una difficoltà insolubile: il mio cervello era in ebollizione. Ero in preda a una specie di allucinazione: mi pareva di soffocare e avevo bisogno d'aria. Mi feci vento macchinalmente con quei fogli di carta, di cui si presentarono ai miei occhi successivamente diritto e rovescio. Con quanta meraviglia m'accorsi che in uno di questi veloci movimenti, nell'attimo in cui il rovescio era rivolto verso di me, apparivano parole perfettamente leggibili, parole latine, tra cui *craterem* e *terrestre*!

La mia mente s'illuminò. Questi indizi bastarono a farmi intuire la verità. Avevo decifrato il crittogramma. Per capire quel documento non era neppure necessario leggerlo dal retro del foglio! Poteva essere letto correntemente così come m'era stato dettato. Si avveravano tutte le ingegnose supposizioni del professore. Aveva avuto ragione sia riguardo alla disposizione delle lettere sia sulla lingua del documento! Per un soffio non era riuscito a leggere questa frase latina, e quel soffio... a me l'aveva offerto il caso. Immaginatevi che emozione!

Avevo steso il foglio sul tavolo: uno sguardo e mi sarei impadronito di quel segreto.

Riuscii a calmarmi. Mi imposi di fare per due volte il giro della stanza per distendere i nervi, poi tornai a sprofondarmi nella poltrona. Dopo aver inspirato profondamente, esclamai: "Leggiamo!"

Mi chinai sulla tavola, posi il dito sulle varie lettere e, senza esitare, pronunciai tutta la frase a voce alta. Che stupore e che paura m'invasero! Era come se avessi ricevuto una bastonata in testa. Com'era possibile? Un uomo aveva avuto il coraggio temerario di penetrare sino...

"No e no!" esclamai balzando in piedi. "Lo zio non lo saprà! Ci mancherebbe altro che venisse a conoscenza d'un simile viaggio. Vorrebbe provarci anche lui e niente potrebbe fermarlo! Partirebbe nonostante tutto e tutti! Mi porterebbe con sé e non faremmo più ritorno."

Ero in uno stato di sovraeccitazione che non posso descrivere.

"Non avverrà mai!" continuai con energia. "Poiché posso impedire che al mio tiranno venga un'idea simile, lo farò. Voltando e rivoltando questo documento potrebbe per caso scoprirne la chiave! Distruggiamolo!"

Nel caminetto c'era della brace. Presi non solo quel foglio, ma anche tutta la pergamena di Saknussemm e stavo per buttare tutto sui tizzoni e distruggere così quel pericoloso segreto, quando s'aprì la porta dello studio. Entrò lo zio.

5

Feci appena in tempo a rimettere sul tavolo il documento. Il professor Lidenbrock sembrava nel mondo delle nuvole. Il pensiero non gli dava tregua: aveva sviscerato il problema e adoperato tutte le risorse dell'immaginazione durante la passeggiata: adesso tornava per tentare ancora un'altra combinazione. Si sedette in poltrona, prese la penna e cominciò a scrivere formule.

Seguivo con lo sguardo la sua mano frettolosa. Forse stava per raggiungere la soluzione?

Senza dire una parola lo zio lavorò per tre ore: non alzò mai la testa. Cancellava, correggeva, ricominciava da capo.

Sapevo che prima o poi, se fosse riuscito a disporre quelle lettere in tutte le combinazioni possibili, avrebbe trovato la frase giusta. Ma mi rendevo conto che venti lettere possono formare due quintilioni, quattrocentotrentadue quatrilioni, novecentodue trilioni, otto miliardi, centosettantasei milioni e seicentoquarantamila combinazioni differenti. Bene, nella frase le lettere non erano venti, ma centotrentadue. Queste centotrentadue lettere potevano avere un numero di composizioni per lo meno di centotrentatré cifre.

Il tempo passava: scese la notte e i rumori in strada cessarono. Lo zio, sempre chino sul tavolo, non si rese conto di nulla: nemmeno che Marthe aveva socchiuso l'uscio e chiedeva: "Il signore cenerà stasera?"

Marthe dovette andarsene senza risposta. Da parte mia, dopo aver resistito ancora un po', fui preso da un sonno invincibile e mi appisolai sul canapè, mentre lo zio continuava tra calcoli e cancellature.

Quando mi svegliai mi accorsi che era ancora all'opera. Aveva gli occhi arrossati, era giallo come un limone, e teneva i capelli attorcigliati tra le dita. Mi fece pena. Quel pover'uomo era tanto preso dalla sua idea da dimenticarsi perfino di arrabbiarsi. C'era da temere che quella tremenda tensione l'avrebbe fatto scoppiare da un momento all'altro. Con un solo gesto potevo aprire la morsa che lo attanagliava, ma non lo feci! Perché tacqui in quell'occasione? Nell'interesse dello zio. Ripetevo a me stesso: "Non parlerò! Si metterebbe subito in mente di andarci e nessuno lo potrebbe fermare. Ha una fantasia vulcanica: soltanto per fare ciò che nessun altro geologo ha fatto, sarebbe capace di rischiare la vita. Manterrò questo segreto che ho scoperto per caso. Rivelarlo significherebbe condannare a morte il professor Lidenbrock! Lo indovini da solo, se riesce. Io non voglio dovermi rimproverare nulla!"

Dopo aver preso questa decisione, incrociai le braccia e aspettai.

Ma non avevo fatto i conti con un incidente che capitò qualche ora dopo. Quando la brava Marthe uscì di casa per andare al mercato, trovò la porta di casa chiusa a chiave. E la chiave non era nella toppa. Chi l'aveva tolta? Lo zio, evidentemente, quando era rientrato dalla sua precipitosa passeggiata la sera prima. Lo aveva fatto apposta o per sbaglio? Voleva sottoporre anche noi ai rigori della fame? La cosa mi sarebbe sembrata grave. Marthe e io dovevamo sopportare una situazione che non ci riguardava?! Mi ricordai un precedente tale da spaventarci. Qualche anno prima, quando lo zio lavorava alla sua classificazione mineralogica universale, restò quarantott'ore senza toccare cibo e tutta la famiglia dovette adattarsi alla dieta. Per quanto mi riguardava, mi ricordavo ancora i crampi allo stomaco: due giorni di digiuno per un giovanotto di buon appetito come me!

Mi convinsi allora che il pranzo avrebbe fatto la fine della cena del giorno precedente. Stabilii comunque di resistere eroicamente alle fitte della fame. Marthe, invece, ne soffriva, povera donna.

Lo zio lavorava sempre: la sua mente si perdeva nel mondo delle combinazioni, era lontanissimo dalla Terra e dai bisogni terrestri.

Verso mezzogiorno la fame cominciò a tormentarmi davvero. Innocentemente, la sera prima, Marthe aveva divorato tutto quello che c'era nella dispensa. In casa non v'era più niente di commestibile. Tenni duro ancora: ne facevo una specie di punto d'onore con me stesso. Suonarono le due. La cosa diventava ridicola e intollerabile. Cominciai a dirmi che forse esageravo l'importanza di quel documento, che lo zio non l'avrebbe creduto, che forse l'avrebbe ritenuto una mistificazione e che, se proprio avesse voluto tentare l'avventura, lo avremmo trattenuto; infine che avrebbe finito per scoprire da solo la chiave del crittogramma, e che allora ci avrei guadagnato solo le sofferenze del digiuno. Queste ragioni, che la sera prima avrei respinto, mi sembrarono ottime. Dopo aver aspettato tanto a lungo, mi decisi a dire tutto. Stavo cercando una maniera non troppo brusca per entrare in argomento, quando il professore si alzò, mise il cappello e si preparò a uscire. Se ne andava e ci chiudeva dentro un'altra volta? Ah, no! Mai!

"Zio" dissi, ma sembrò non sentirmi. "Zio Lidenbrock!" ripetei, alzando la voce.

"Eh?" rispose come chi viene svegliato all'improvviso.

"Allora... la chiave..."

"Quale chiave? Quella della porta?"

"Ma no, quella del documento!"

Mi guardò da sopra gli occhiali. Vide qualcosa di insolito nella mia faccia e mi prese per un braccio. Non riusciva a spiccicar parola, ma m'interrogava con gli occhi. Ciò nonostante, mai domanda fu posta in maniera tanto perentoria. Io scossi la testa dall'alto in basso. Lui fece tentennare la sua, come se si fosse trovato davanti a un pazzo. Io feci un piccolo sì con il capo. I suoi occhi mandarono fiamme e la stretta divenne minacciosa. Non avevo più il coraggio di parlare, tanto temevo d'esser soffocato dallo zio in un impeto di gioia. Ma lui continuava a stringere tanto che fui costretto a rispondere: "Sì, la chiave... per caso..."

"Che cosa dici?" esclamò emozionato.

"Ecco" farfugliai. "E gli porsi il foglio su cui avevo scritto."

"Non significa niente!" rispose appallottolando la carta.

"Se leggi a rovescio..."

Non riuscii a finire la frase. Il professore gettò un urlo, anzi un ruggito! Nella sua mente aveva avuto la rivelazione. Era trasfigurato.

"Ah, ingegnoso Saknussemm!" gridò. "Avevi cominciato scrivendo a rovescio la tua frase?!"

Si precipitò sul foglietto con occhio appannato e lesse a voce appena percettibile tutto il documento risalendo dall'ultima lettera alla prima. Recitava:

In Sneffels Yoculis craterem kem delibat
umbra Scartaris Julii intra calendas descende
audas viator, et terrestre centrum attinges.
Kod feci. Arne Saknussemm.

Se traduciamo questo latino tutt'altro che classico, suonava: "Discendi nel cratere dello Jökull di Sneffels che l'ombra dello Scartaris viene a lambire prima delle calende di luglio, viaggiatore audace, e giungerai al centro della Terra. Ecco quello che io feci. Arne Saknussemm".
Dopo aver letto, lo zio fece un salto come se avesse sfiorato una bottiglia di Leida, il condensatore elettrico che prende nome dalla località in cui fu inventato nel 1740. Era tornato coraggioso, anzi entusiasta. Andava su e giù, si picchiava la testa, spostava sedie, ammucchiava libri, buttava in aria i diletti geodi (incredibile!), qui sferrava un pugno e là una manata. Finalmente si rilassò e ricadde nella poltrona.
Dopo un istante chiese: "Ma che ore sono?"
"Le tre."
"Ho fatto presto a digerire. Ho una fame! Torniamo a tavola, e poi..."
"Poi?"
"Comincerai a preparare le valigie."
"Quali valigie?"
"Le mie. E anche le tue!" rispose mentre finalmente entrava in sala da pranzo.

6

Un brivido mi scosse a quelle parole, ma riuscii a trattenermi. Volli fare buona figura, anzi, poiché solo argomenti di carattere scientifico avrebbero potuto fermare il professor Lidenbrock. E, contro l'ipotesi di un viaggio simile, argomenti ce n'erano a bizzeffe, e pure eccellenti! Andare al centro della Terra, che follia!

Riservai al momento opportuno le mie qualità dialettiche e mi dedicai al pranzo. Non riferisco le imprecazioni dello zio quando non trovò la tavola apparecchiata. Tutto venne spiegato e fu concesso a Marthe di uscire. Lei si precipitò al mercato e fu così brava che meno di un'ora dopo la mia fame fu placata e tornai a rendermi conto della situazione. Lo zio era quasi allegro, gli venivano alle labbra quelle barzellette da intellettuale che non fanno ridere. Dopo la frutta, mi fece segno di seguirlo nello studio. Obbedii. Ci sedemmo alle due estremità del suo scrittoio. Con un tono di voce suadente, mi disse: "Axel, sei un ragazzo ingegnoso! Mi hai reso un gran servizio proprio quando stavo per desistere dalla ricerca. Dove mi sarei smarrito? E chi può saperlo? Non lo dimenticherò mai, ragazzo mio: avrai la tua parte della gloria che stiamo per conquistare".

"È di buonumore" pensai, "è il momento buono per discutere un po' di questa gloria."

"Prima di tutto, continuò lo zio, ti raccomando il segreto assoluto. In ambito scientifico ci sono tanti invidiosi e molti vorrebbero intraprendere questo viaggio di cui non sapranno niente fino al nostro ritorno."

"Tu credi che il numero di questi temerari sia così grande?"

"Certo! Chi potrebbe esitare davanti a una simile conquista? Se questo documento fosse conosciuto, un esercito di geologi si precipiterebbe sulle tracce di Arne Saknussemm!"

"Questo non mi persuade, caro zio. Che cosa può dimostrare che questo documento è autentico?"

"Come? E il libro in cui l'abbiamo scoperto?"

"Ammettiamo che Saknussemm abbia scritto quel messaggio: ma perché dedurne che ha compiuto davvero quel viaggio? La vecchia pergamena non potrebbe contenere una falsità?"

Mi pentii d'aver pronunciato quella frase. Il professore aggrottò le folte sopracciglia e temetti di aver compromesso la conversazione. Per fortuna non successe niente. Il mio severo interlocutore fece appena un sorrisino di commiserazione e mi rispose: "È quello che vedremo".

"Ah!" osservai irritato. "Permettimi almeno di esporre tutte le mie obiezioni."

"Parla senza soggezione. Ti lascio libero di esporre le tue opinioni. In questo momento non sei mio nipote: sei un mio collega. Dimmi."

"Innanzitutto, chi è Jökull, che cos'è lo Sneffels e che cos'è lo Scartaris? Non li ho mai sentiti."

"Sciocchezze. Poco tempo fa ho ricevuto dal mio amico Augustus Petermann di Lipsia una carta geografica: non poteva arrivare più a proposito. Prendi il terzo atlante nella seconda fila della biblioteca grande, serie Z, tavola 4."

Mi alzai e trovai subito la carta. Lo zio la consultò e disse: "Questa di Henderson è una delle migliori carte dell'Islanda e io credo che risponderà alle tue obiezioni".

Mi chinai sulla carta.

"Guarda quest'isola vulcanica" disse il professore. "Questi luoghi portano tutti il nome di Jökull, parola che significa ghiacciaio in lingua islandese. All'elevata latitudine di quell'isola, la maggior parte delle eruzioni si aprono un varco attraverso uno strato di ghiaccio. Ecco perché lì tutti i ghiacciai si chiamano Jökull."

"Va bene" ammisi. "E lo Sneffels?"

Speravo che non ci fosse risposta alla mia domanda, ma mi sbagliavo. Lo zio continuò: "Seguimi lungo la costa occidentale dell'Islanda. Ecco, questa è la capitale, Reykjavík. Adesso risali i fiordi di queste coste erose dal mare e arrestati appena al di sotto del 65° grado di latitudine. Che cosa vedi?"

"Una penisola simile a un osso spolpato che finisce con una rotula enorme."

"Paragone azzeccato. Che cosa vedi sulla rotula?"
"Una montagna che sembra sbucare dal mare."
"È lo Sneffels."
"Lo Sneffels?"
"Sì, una montagna alta 5000 piedi, una delle più importanti dell'isola e tra poco la più famosa al mondo, se il suo cratere porta al centro della Terra."
"È impossibile!" esclamai con un'alzata di spalle, ribellandomi a una supposizione del genere.
"Impossibile?!" fece eco il professore. "Perché mai?"
"Questo cratere sarà ostruito da lava, pietre ardenti e così..."
"E se fosse un cratere spento?"
"Spento?"
"Sì, il numero dei vulcani attivi nella Terra è oggi circa di trecento, ma quello dei vulcani spenti è molto superiore. Lo Sneffels è tra questi. In epoca storica ha avuto una sola eruzione, nel 1229: da allora ha rumoreggiato sempre meno e non è più considerato attivo."
Non potevo contrastare queste affermazioni tanto precise, perciò mi buttai sugli altri punti oscuri del documento.
"Che cosa significa la parola Scartaris?" chiesi. "E che c'entrano le calende di luglio?"
Lo zio tacque: rifletteva. Ebbi un attimo di speranza, ma un attimo solo, perché mi rispose quasi subito: "Ciò che per te è oscuro, per me è chiarissimo: sono informazioni che provano con quanta cura Saknussemm abbia voluto determinare la sua scoperta. Lo Sneffels ha vari crateri ed è necessario indicare quello che porta al centro della Terra. Che cosa ha fatto lo scienziato islandese? Ha osservato che alle calende di luglio, cioè verso la fine di giugno, uno dei picchi della montagna, il picco Scartaris, gettava la sua ombra fino all'apertura del cratere che ci interessa, e ha annotato la circostanza. Poteva immaginare indicazione più precisa? Quando saremo in cima allo Sneffels, sapremo quale via prendere."
Lo zio aveva una risposta a tutto. Mi resi conto che era inutile attaccarlo sulla vecchia pergamena. Smisi perciò di assillarlo a questo pro-

posito e, siccome dovevo tentare di convincerlo, passai alle obiezioni scientifiche.
"Bene" dissi, "convengo che la frase di Saknussemm è chiara e non lascia dubbi. Ammetto pure che il documento sembra autentico. Quello scienziato è davvero sceso in fondo allo Sneffels, ha visto l'ombra dello Scartaris sfiorare l'orlo del cratere prima delle calende di luglio, ha anche sentito raccontare nei racconti leggendari del suo tempo che quel cratere faceva capo al centro della Terra; ma quanto a esserci arrivato di persona e quanto all'esserne tornato, no, cento volte no!"
"E la ragione?" chiese lo zio, ironico.
"Ogni teoria scientifica dimostra che un'impresa del genere è inattuabile."
"Tutte le teorie dicono così?" rispose il professore. "Ah, che brutte teorie!"
M'accorsi che mi prendeva in giro, ma continuai lo stesso. "È universalmente noto che il calore cresce di un grado ogni venti metri di profondità sotto la superficie del globo. Ammettendo questa proporzione costante, dato che il raggio minimo terrestre è di 6356 chilometri, al centro deve esserci una temperatura di almeno duecentomila gradi. Le materie si trovano dunque allo stato incandescente perché i metalli, a cominciare dall'oro e dal platino, e anche le rocce più dure, non resistono a un tale calore. Mi chiedo come faremo ad arrivare a un ambiente simile."
"Sicché, Axel, ciò che ti preoccupa è il calore?"
"Esatto. Se arrivassimo alla profondità di soli quaranta chilometri ci troveremmo al limite della crosta terrestre e in quel punto la temperatura è già superiore ai milletrecento gradi."
"Hai paura di fondere?"
"Lascio decidere a te" risposi, molto seccato.
"Ecco che cosa decido io" replicò il professore con molto sussiego. "Il fatto è che né tu né nessun altro sa con esattezza quello che succede al centro del globo, per il fatto che se ne conosce soltanto la dodicimillesima parte del raggio. La scienza è perfettibile e ogni teoria è annullata di continuo da quella seguente. Non si è forse creduto, sino ai tempi

di Joseph Fourier, che la temperatura degli spazi celesti andasse sempre più diminuendo, e non si sa forse oggi che i maggiori freddi delle regioni eteree non superano i 40 o i 50 gradi sotto zero? Perché non potrebbe capitare la stessa cosa anche per il calore interno? Perché non potrebbe toccare a una certa profondità un limite insuperabile, invece di continuare ad aumentare?"

Visto che lo zio metteva la questione sul piano delle ipotesi, non ebbi niente da rispondere.

"Ebbene" continuò, "vari scienziati, tra cui Denis Poisson, hanno provato che se al centro della Terra esistesse un calore di duecentomila gradi, i gas incandescenti sviluppati dalle materie fuse avrebbero una forza di espansione tale che la crosta terrestre non potrebbe resistere e scoppierebbe."

"È solo l'opinione di Poisson, zio."

"Verissimo. Ma altri illustri geologi sostengono che l'interno del globo non è formato né da gas, né da acqua, né dalle pietre più pesanti che conosciamo, poiché in tal caso la Terra avrebbe un peso due volte minore."

"Con le cifre si può provare tutto ciò che si vuole!"

"E non succede forse lo stesso con i fatti? Non è accertato che il numero dei vulcani è assai diminuito dai tempi della creazione? Anche ammessa l'esistenza del calore centrale, non si potrebbe sostenere che tende a diminuire?"

"Zio, se continui a perderti in supposizioni, è inutile continuare la discussione."

"Molte persone competenti sono della mia stessa opinione. Ti ricordi della visita che mi fece nel 1825 il celebre chimico inglese Humphry Davy?"

"No: sono nato diciannove anni dopo."

"Be', Humphry Davy mi venne a trovare mentre era di passaggio ad Amburgo. Discutemmo a lungo, tra l'altro del fatto che il nucleo interno della Terra fosse liquido. Eravamo tutti e due d'accordo sul fatto dell'esistenza di quella liquidità per ragioni scientificamente inoppugnabili."

"E quali?" chiesi, stupito.

"Che, come quella dell'oceano, anche quella massa liquida sarebbe stata soggetta all'attrazione della Luna. Quindi, due volte al giorno sarebbero avvenute maree interne con la conseguenza di sollevare la crosta terrestre e generare terremoti periodici."

"Eppure è chiaro che la superficie della Terra è stata sottoposta a combustione. Sembra lecito supporre che prima di tutto si sia raffreddata la crosta esterna, mentre il calore si rifugiava al centro."

"Errore!" proruppe lo zio. "La Terra è stata riscaldata dalla combustione della sua superficie! La superficie era composta da una gran quantità di metalli, come il potassio e il sodio, che si infiammano al solo contatto con l'aria e l'acqua. Questi metalli presero fuoco quando i vapori atmosferici caddero al suolo sotto forma di pioggia e, a poco a poco, quando le acque si infiltrarono nelle fessure della crosta terrestre, determinarono incendi, esplosioni ed eruzioni. Ecco il motivo per cui i vulcani erano così numerosi nei primi giorni del mondo."

Quasi controvoglia fui costretto a esclamare: "Questa sì che è un'ipotesi ingegnosa!"

"Ipotesi che Humphry Davy volle provare con un esperimento semplicissimo. Formò una palla metallica con prevalenza dei due metalli che ho detto, che raffigurava perfettamente il globo. Facendo cadere sulla sua superficie una finissima pioggia, si gonfiava, si ossidava e formava una piccola montagna in miniatura, al cui apice si spalancava una specie di cratere: eruttava e su tutta la palla veniva diffuso un calore tale che tenerla in mano era impossibile."

Cominciavo a sentirmi scosso dagli argomenti del professore, a dire la verità. Lidenbrock li esponeva con la passione e l'entusiasmo soliti.

"Come vedi, Axel" riprese, "in cosa consista il nucleo centrale della Terra è oggetto di dispute tra i geologi. Niente è meno provato della teoria del calore interno. Secondo me, quel calore non esiste e non potrebbe esistere. D'altra parte tra poco, come Arne Saknussemm, sapremo cosa pensare della questione."

Mi sentii sopraffatto dallo stesso entusiasmo: "Ebbene sì, lo vedremo... se vedremo qualcosa".

"Potremo fare assegnamento su fenomeni elettrici capaci di fornirci una specie di illuminazione. Ci aiuterà anche l'atmosfera, che la pressione può rendere luminosa man mano che ci avvicineremo al centro..."

"Sì" dissi, "dopotutto... è possibile."

"È certo!" rispose lo zio, trionfante. "Ma... silenzio assoluto su tutto questo. A nessuno deve venire in mente di andare prima di noi alla scoperta del centro della Terra!"

7

Così si concluse la memorabile seduta: una conversazione che mi fece venire la febbre. Uscii dallo studio dello zio stordito, e mi parve che per le vie di Amburgo non ci fosse aria sufficiente per rimettermi in sesto. Raggiunsi la riva dell'Elba, dalla parte della chiatta a vapore che mette in comunicazione la città con la ferrovia di Harbourg.
Quel che avevo udito mi aveva convinto? Non avevo subìto l'influenza del professor Lidenbrock? Dovevo prendere sul serio il suo proposito di arrivare al centro della Terra? Avevo sentito le speculazioni insensate di un pazzo o le deduzioni scientifiche di un genio? E in tutto questo, dove iniziava la verità e dove iniziava l'errore? Ondeggiavo tra mille ipotesi contraddittorie, senza potermi aggrappare a nessuna. Ricordavo però di essere stato convinto, benché il mio entusiasmo cominciasse a moderarsi. Comunque, avrei voluto partire immediatamente. Sì, in quel momento avrei avuto il coraggio di fare la valigia. Devo però confessare che, un'ora dopo, quella sovreccitazione diminuì, i miei nervi si distesero e dai profondi abissi della Terra risalii alla sua superficie. "È assurdo!" esclamai. "Non ha senso! Non è una proposta da fare a un giovane di buonsenso!"
Intanto, avevo seguito la riva dell'Elba e fatto il giro della città. Dopo aver risalito il porto, ero arrivato sulla strada d'Altona. Mi guidava un presentimento ben giustificato, perché non tardai a scorgere la mia piccola Grauben che tornava, seria seria, ad Amburgo con il suo passo svelto.
"Grauben!" le gridai da lontano.
La fanciulla si fermò, un po' turbata di sentirsi chiamare così. In due salti le fui accanto.
"Axel!" esclamò stupita. "Ah, mi sei venuto incontro... Molto ben fatto, signore."
Ma, guardandomi, Grauben non poté non notare la mia aria inquieta.

"Che ti è successo?" mi disse stendendomi la mano.
"Che cosa è successo?" ripetei.
In tre frasi la misi al corrente di tutto. Rimase per qualche momento in silenzio. Il suo cuore palpitava con il mio? Non lo so, ma la sua mano tremava nella mia. Percorremmo un centinaio di passi in silenzio.
"Axel!" disse alla fine.
"Grauben cara!"
"Sarà un bel viaggio."
Sussultai a quelle parole.
"Sì, Axel, e degno del nipote di uno scienziato. È una bella cosa che un uomo si distingua per qualche grande impresa."
"Come, Grauben, tu non vuoi che cambi idea?"
"No, caro, e io accompagnerei volentieri te e tuo zio, se una povera ragazza non fosse per voi un imbarazzo."
"Dici davvero?"
"Davvero."
Mi sentivo sconcertato e, devo confessarlo, anche un po' vergognoso.
"Grauben" ripresi, "vedremo se domani parlerai allo stesso modo."
"Domani parlerò come oggi."
Tenendoci per mano, in silenzio, proseguimmo per la via. Ero scosso dalle emozioni. "Dopotutto" pensai, "le calende di luglio sono ancora lontane, e fino ad allora succederanno molte cose che distrarranno lo zio."
Quando arrivammo alla casa di Konigstrasse era scesa la notte. Io mi aspettavo di trovare la casa tranquilla, lo zio già a letto, e la buona Marthe che puliva la sala da pranzo. Ma non avevo fatto i conti con l'impazienza del professore. Lo trovai che si agitava in mezzo a un gruppo di facchini che scaricavano nel viale certe mercanzie. La vecchia domestica non sapeva dove sbattere la testa.
"Finalmente sei qui, Axel! Fa' presto, disgraziato!" gridò lo zio appena mi scorse. "E la tua valigia che non è ancora fatta! Le mie carte non sono in ordine! Non trovo la chiave del mio sacco da viaggio! Le mie ghette non arrivano!"

Rimasi sbalordito. "Ma allora partiamo?"

"Ma certo, disgraziato ragazzo che se ne va a spasso."

"Partiamo?" ripetei più debolmente.

"Ma sì, dopodomani all'alba."

Non udii altro, perché corsi nella mia cameretta. Nessun dubbio: lo zio aveva impiegato il pomeriggio a procurarsi una parte degli oggetti e degli utensili necessari. Il corridoio era ingombro di scale di corda, torce, borracce, uncini di ferro, picconi, mazze ferrate, zappe. Dopo aver passato una notte spaventosa, la mattina mi sentii chiamare presto. Avevo deciso di non aprire la porta, ma come resistere alla dolce voce che pronunciava queste parole: "Axel, Axel caro!"?

Uscii dalla camera pensando che il mio aspetto disfatto, il mio pallore e gli occhi arrossati avrebbero prodotto il loro effetto su Grauben e cambiato le sue idee.

"Oh, caro" mi disse, "vedo che stai meglio e la notte ti ha calmato."

Corsi allo specchio. Ebbene, avevo un aspetto meno abbattuto di quanto supponevo: era una cosa da non credere!

"Axel" mi disse Grauben, "ho parlato a lungo con il mio tutore. È uno scienziato ardimentoso, un uomo di grande coraggio, e tu non devi dimenticare che nelle tue vene scorre il suo sangue. Mi ha parlato dei suoi progetti, del perché e come spera di raggiungere la mèta. Ci arriverà, ne sono sicura. La gloria che attende il professor Lidenbrock rifluirà anche sul suo compagno! Al ritorno, tu sarai un uomo libero di parlare, libero di agire, libero infine di..."

La fanciulla arrossì e non completò la frase. Alle sue parole mi sentivo rianimato, pur non volendo ancora partire. Accompagnai Grauben verso lo studio del professore.

"Zio" dissi entrando, "è proprio deciso che partiremo?"

"Ne dubiti?"

"No" risposi per non contrariarlo, "mi chiedo solo perché tanta fretta."

"Il tempo che fugge con irresistibile velocità!"

"Ma siamo appena al 26 maggio, e fino alla fine di giugno..."

"Tu credi, ignorante, che si possa andare tanto facilmente in Islanda?

Se non ti fossi allontanato come un pazzo, ti avrei portato all'ufficio di Copenaghen della Compagnia Liffender e C. e là avresti saputo che da Copenaghen a Reykjavík c'è un traghetto solo, il 22 di ogni mese."
"Dunque?"
"Dunque, se aspettassimo fino al 22 giugno, arriveremmo troppo tardi per poter vedere l'ombra dello Scartaris lambire il cratere dello Sneffels! Bisogna dunque raggiungere al più presto Copenaghen per cercare un mezzo di trasporto. Vai a fare la valigia!"
Non c'era niente da ribattere. Tornai in camera mia, e Grauben mi seguì. Si prese l'incarico di mettere in ordine quanto era necessario al mio viaggio. Era commossa come se si fosse trattato di una passeggiata fino a Lubecca o a Helgoland: muoveva le mani con calma, parlava pacata, forniva le ragioni più sensate a favore della nostra spedizione: insomma mi affascinava e allo stesso tempo provavo una gran rabbia contro di lei. Qualche volta fingevo di irritarmi, ma lei non ci badava, continuando tranquilla il proprio lavoro. Finalmente, stretta l'ultima cinghia della valigia, scesi al pianoterra. Durante la giornata i fornitori di strumenti di fisica, di armi, di apparecchi elettrici, si erano moltiplicati: la brava Marthe ci perdeva la testa.
"Il signore è impazzito?" mi chiese sottovoce.
Risposi con un cenno affermativo.
"E la porta con sé?"
Altro cenno uguale.
"Dove?"
Indicai con il dito il centro della Terra.
"In cantina?" esclamò la domestica.
"No!" risposi finalmente. "Più giù."
A sera ero stravolto e lo zio mi disse solo: "A domani! Partiremo alle sei precise".
Alle dieci mi lasciai cadere sul mio letto. Durante la notte mi riprese il terrore. Continuai a sognare abissi. Ero in preda al delirio. Mi sentivo stretto dalla mano vigorosa del professore, trascinato e annegato nella mota! Cadevo in fondo a immensi precipizi e la mia vita era solo un'interminabile caduta. Mi svegliai alle cinque, sfatto dalla stanchezza e

dall'emozione, e discesi in sala da pranzo. Lo zio era a tavola e si rimpinzava. Lo guardai con orrore. Non dissi nulla perché Grauben era presente, ma non riuscii a mangiare. Alle cinque e mezzo, dalla strada giunse un rotolio di ruote: era un'ampia vettura che doveva portarci alla stazione di Altona, e che fu presto piena di bagagli dello zio.

"La tua valigia?" mi chiese.

"È pronta" risposi sentendomi mancare.

"Spicciati a portarla giù, se non vuoi che perdiamo il treno."

Mi parve impossibile lottare contro il destino. Risalii in camera e, lasciando scivolare la valigia giù per i gradini, mi lanciai dietro a essa. In quel momento lo zio rimetteva solennemente tra le mani di Grauben le redini della casa. La bella virlandese era calma come al solito. Abbracciò il tutore, ma non poté trattenere una lacrima sfiorando la mia guancia.

"Grauben!" esclamai.

"Vai, caro. Tu lasci una fidanzata, ma al ritorno troverai una moglie."

Strinsi fra le braccia la mia Grauben e salii in vettura. Dalla soglia, Marthe e la fanciulla ci volsero un ultimo saluto e poi i cavalli, eccitati dal fischio del conducente, si lanciarono al galoppo sulla via d'Altona.

8

Vero sobborgo di Amburgo, Altona è il capolinea della ferrovia di Kiel, che doveva portarci alla riva del Belt. In meno di venti minuti, entravamo nell'Holstein. Alle sei e mezzo, la vettura si fermò davanti alla stazione: i numerosi bagagli dello zio furono scaricati, trasportati, pesati, etichettati, ricaricati nel bagagliaio, e alle sette eravamo seduti in uno scompartimento, l'uno di fronte all'altro. Il vapore fischiò e la locomotiva si mise in movimento.
Ero rassegnato? Non ancora. Tuttavia, l'aria fresca del mattino e i particolari del paesaggio, rinnovati dalla velocità del treno, mi distraevano dalla mia preoccupazione. Quanto al professore, evidentemente il suo pensiero oltrepassava il treno, troppo lento per la sua impazienza. Eravamo soli nel vagone e stavamo zitti. Lo zio passava minuziosamente in rassegna le proprie tasche e il sacco da viaggio. Fui sicuro che non gli mancava nulla quando brandì un foglio piegato con cura che portava l'intestazione della cancelleria danese e la firma del signor Christiensen, console ad Amburgo e amico del professore. Serviva per ottenere, a Copenaghen, una raccomandazione per il governatore dell'Islanda.
Scorsi anche il famoso documento preziosamente nascosto nello scompartimento più segreto del portafoglio. Lo maledissi dal fondo del cuore, e mi rimisi a studiare il paese. Era un susseguirsi di pianure monotone, limacciose e abbastanza feconde: una campagna favorevole all'impianto di una ferrovia e adatta a quelle linee rette tanto care alle compagnie ferroviarie.
Quella monotonia non ebbe il tempo di stancarmi poiché, tre ore più tardi, il treno si fermava a Kiel, a due passi dal mare. Non dovemmo occuparci dei bagagli, già registrati per Copenaghen, ma il professore li seguì con un occhio inquieto durante il trasbordo sul battello a vapore, dove scomparvero nella stiva. Nella fretta, lo zio aveva calcolato così bene le ore di corrispondenza della ferrovia e del battello che ci

restava libera un'intera giornata: la nave *Ellenora* non partiva prima di notte. In quelle nove ore, l'irascibile viaggiatore mandò al diavolo l'amministrazione dei battelli, quella delle ferrovie e i governi che tolleravano simili abusi. Io dovetti dargli man forte quando assalì a tal proposito il capitano dell'*Ellenora*. Pretendeva che accendesse i fuochi senza perdere un minuto, ma l'altro lo mandò a spasso.

Come dovunque, anche a Kiel bisogna bene far passare la giornata. A furia di passeggiare sulle rive della baia, in fondo alla quale sorge la piccola città, percorrere i fitti boschetti che le danno l'aspetto di un nido tra i rami, ammirare le ville provviste del loro annesso per i bagni freddi, correre e brontolare, tirammo le dieci di sera.

I turbinii di fumo dell'*Ellenora* si alzavano nel cielo. Il ponte tremava sotto i fremiti delle caldaie, e noi eravamo a bordo, proprietari delle due cuccette nell'unica cabina.

Alle dieci e un quarto le ancore furono ritirate e lo streamer filò sulle cupe acque del Gran Belt. La notte era buia e il mare mosso; nelle tenebre apparvero alcuni fuochi della costa, più tardi, non so dove, un faro balenò sopra le onde. Questo fu tutto quanto restò nella mia memoria di quella prima traversata.

Alle sette del mattino sbarcavamo a Korsor, sulla costa occidentale del Seeland. Là saltammo dal battello a un altro treno che ci portò attraverso un paese piatto quanto le campagne dell'Holstein. Vi erano altre tre ore di viaggio prima di raggiungere la capitale della Danimarca. Lo zio non aveva chiuso occhio per tutta la notte. Pareva che, nella sua impazienza, spingesse il vagone coi piedi. Finalmente scorse un lembo di mare.

"Il Sund!" esclamò.

C'era alla nostra sinistra una costruzione che somigliava a un ospedale.

"È un manicomio" disse uno dei compagni di viaggio.

"Bene!" pensai. "Ecco un ospedale nel quale dovremmo finire i nostri giorni. E per quanto grande sia, sarebbe ancora troppo piccolo per contenere tutta la follia del professor Lidenbrock!"

Infine, alle dieci del mattino, scendevamo a Copenaghen. I bagagli furono caricati su una vettura e portati con noi nel Bred-Gale, all'albergo

Fenice. Impiegammo mezz'ora, perché la stazione ferroviaria era fuori della città. Qui lo zio fece una toletta sommaria e mi trascinò ancora con sé. Il portiere dell'albergo parlava il tedesco e l'inglese ma il professore, da buon poliglotta, gli rivolse la parola in danese, e in danese gli fu indicato dove si trovava il Museo delle Antichità del Nord.

Il direttore di quel curioso istituto, nel quale sono ammucchiate meraviglie che permetterebbero di ricostruire la storia del paese, era uno scienziato, amico del console di Amburgo, il professore Thomson. Lo zio aveva per lui una lettera di raccomandazione. In generale uno scienziato riceve male un collega, ma qui la cosa andò diversamente. Il signor Thomson, da uomo servizievole, riservò un'accoglienza cordiale al professor Lidenbrock, e anche al nipote. Inutile dire che con l'eccellente direttore del Museo conservammo il segreto sullo scopo del nostro viaggio. Volevamo semplicemente visitare l'Islanda da turisti disinteressati.

Il signor Thomson si mise a nostra disposizione e con lui corremmo alla banchina in cerca di una nave in partenza. Da parte mia, speravo che i mezzi di trasporto mancassero ma purtroppo una piccola goletta danese, la *Valkyria*, doveva essere alla vela il 2 giugno, per dirigersi a Reykjavík. Il capitano Bjarne si trovava a bordo e il suo futuro passeggero, nella sua gioia, gli strinse la mano quasi volesse stritolargliela. Il brav'uomo si stupì un poco: per lui era una cosa semplicissima andare in Islanda, poiché era quello il suo mestiere, ma per lo zio era una cosa sublime. Il degno capitano approfittò di quell'entusiasmo per farci pagare doppio il passaggio sulla sua nave, ma noi non andammo per il sottile.

"Siate a bordo martedì alle sette del mattino" disse il capitano Bjarne, dopo aver intascato un numero rispettabile di banconote.

Ringraziammo allora il signor Thomson delle sue cortesie e tornammo all'albergo Fenice.

"Va tutto bene, benissimo" ripeteva lo zio. "Che fortuna aver trovato quella nave! E ora facciamo colazione e andiamo un po' in giro per la città."

Ci recammo a Kongens-Nye-Torw, una piazza irregolare in cui si trova un posto di guardia con due innocenti cannoni che non fanno paura a nessuno. Là vicino, al n. 5, c'era un ristorante francese gestito da un certo Vincent: vi mangiammo per il modico prezzo di quattro marchi a testa.

Provai poi un piacere infantile a vagare per la città. Lo zio si lasciava condurre: del resto, non vide niente, né l'insignificante palazzo del re, né il grazioso ponte del XVII secolo che attraversa il canale davanti al Museo, né il cenotafio, un sepolcro o monumento sepolcrale vuoto, in onore di un morto illustre di Torwaldsen, ornato di orribili pitture murali, che contiene le opere di quello scultore, né il castello bomboniera di Rosenborg, né l'edificio in stile rinascimentale della Borsa, né il suo campanile formato dalle code intrecciate di quattro dragoni di bronzo, né i mulini dei bastioni, le cui ali si gonfiano come le vele di un bastimento.

Che deliziose passeggiate avremmo fatto, la mia leggiadra virlandese e io, al porto, dove i vascelli e le fregate riposavano sotto la rossa tettoia, sulla riva verdeggiante dello stretto!

Se lo zio non notò nulla di quei luoghi incantevoli, fu però colpito alla vista di un certo campanile sull'isola di Amak, che forma il quartiere nord-ovest di Copenaghen. Ebbi l'ordine di andare da quel lato: montammo in una piccola imbarcazione a vapore che faceva il servizio dei canali e che, qualche minuto dopo, accostò alla banchina di Dock-Yard.

Dopo aver attraversato alcune viuzze nelle quali i galeotti, con i pantaloni metà gialli e metà grigi, lavoravano sotto il bastone degli aguzzini, arrivammo davanti a Vor-Frelzers-Kirk. Quella chiesa non aveva nulla di notevole, ma il suo campanile abbastanza alto aveva attirato l'attenzione del professore, perché a partire dalla piattaforma una scala esterna ruotava intorno alla sua guglia, e le sue spirali si svolgevano in pieno cielo.

"Andiamo" disse lo zio.

"E le vertigini?" obiettai.

"Ragione di più: occorre abituarsi."

"Però..."

"Vieni, ti dico: non perdiamo tempo."
Dovetti obbedire. Un guardiano, che abitava dalla parte opposta della via, ci porse una chiave e l'ascensione cominciò. Lo zio mi precedeva a passo svelto e io lo seguivo non senza terrore, poiché la testa mi girava con deplorevole facilità. Non avevo né l'equilibrio, né i nervi insensibili dell'aquila. Finché fummo imprigionati nella parte inferiore, tutto andò bene, ma dopo centocinquanta scalini l'aria venne a colpirmi in viso: eravamo arrivati alla piattaforma del campanile, dove cominciava la scala aerea, che aveva la sola difesa di una fragile ringhiera.
"Non ce la farò mai!" dissi.
"Saresti un vigliacco, per caso? Sali!" mi ingiunse spietatamente.
Dovetti seguirlo arrampicandomi. L'aria aperta mi stordiva, sentivo il campanile oscillare alle raffiche e le gambe mi cedevano. Dovetti arrampicarmi strisciando sulle ginocchia, poi sul ventre... Finalmente, aiutato dallo zio che mi tirava per il bavero, arrivai in cima.
"Guarda!" mi disse il professore. "Guarda bene!.. Bisogna prendere lezioni di abisso."
Dovetti aprire gli occhi. Vedevo le cose appiattite, come schiacciate da una caduta e immerse in una nebbia fumosa. Al di sopra della mia testa passavano le nuvole che, per un rovesciamento di ottica, mi parevano immobili, mentre il campanile e io eravamo trasportati a una fantastica velocità.
Lontano, da una parte si stendeva la campagna verdeggiante, dall'altra il mare che scintillava sotto il sole. Il Sund si volgeva alla punta di Elsinore, con alcune vele bianche e, nella bruma dell'Est, ondulavano le coste appena visibili della Svezia. Quell'immensità turbinava sotto il mio sguardo. Mi dovetti alzare, tenermi dritto e guardare. La mia prima lezione contro le vertigini durò un'ora. Quando mi fu permesso di ridiscendere e di mettere piede sul pavimento solido, ero indolenzito.
"Riprenderemo domani" disse il professore.
E infatti, per cinque giorni, ripresi quell'esercizio vertiginoso e – volente o nolente – feci progressi nell'arte dell'alta contemplazione.

9

Arrivò il giorno della partenza.

La sera prima, il compiacente signor Thomson ci aveva portato pressanti commendatizie per il conte Trampe, governatore dell'Islanda, per il signor Pictursson, coadiutore del vescovo, e per il signor Finsen, sindaco di Reykjavík. In compenso lo zio gli concesse le più calorose strette di mano.

Il giorno 2, alle sei del mattino, i nostri bagagli venivano portati a bordo della *Valkyria*. Il capitano ci condusse in due cabine abbastanza strette, collocate sotto una specie di ripostiglio che si ricava nell'ultimo angolo della poppa o della prua nei piccoli bastimenti.

"Avremo buon vento?" domandò lo zio.

"Eccellente" rispose il capitano Bjarne, "una brezza di sud-est. Usciremo dal Sund con il vento in poppa e a vele spiegate."

Poco dopo, infatti, la goletta spiegò le vele di trinchetto, di randa, di gabbia, e il velaccio e s'inoltrò nello stretto. Un'ora dopo, la capitale della Danimarca pareva affondare nei flutti lontani e la *Valkyria* rasentava la costa di Elsinore. Nella disposizione di nervi in cui mi trovavo, mi pareva di vedere l'ombra di Amleto vagare sulla leggendaria terrazza.

Il castello di Kronborg non tardò a scomparire nella nebbia, come pure la torre di Helsinborg, innalzata sulla riva svedese, e la goletta s'inchinò leggermente sotto la brezza del Kattegat. La *Valkyria* era un bel veliero, ma con una nave a vela non si sa mai su cosa contare. Trasportava a Reykjavík carbone, utensili domestici, vasellame, vestiti di lana e un carico di frumento. Cinque uomini di equipaggio, tutti danesi, bastavano per la sua manovra.

"Quanto durerà la traversata?" chiese lo zio al capitano.

"Una decina di giorni" rispose quest'ultimo, "se però non incontriamo troppi groppi di nord-ovest quando attraverseremo le Faer Øer."

"Vi capita di subire ritardi considerevoli?"

"No, signor Lidenbrock: state tranquillo, arriveremo."
Verso sera la goletta aggirò il capo Skagen nella punta nord della Danimarca, attraversò durante la notte lo Skagerrak, rasentò l'estremità della Norvegia di traverso al capo Lindesnes e passò nel mare del Nord.
Due giorni dopo, avvistammo le coste della Scozia all'altezza di Peterhead, e la *Valkyria* si diresse verso le Faer Øer passando tra le Orcadi e le Shetland. La goletta non tardò a essere battuta dalle onde dell'Atlantico. Dovette bordeggiare contro il vento del Nord e non senza fatica raggiungere le Faer Øer.
Il giorno 8 il capitano avvistò Mykines, la più orientale di quelle isole, e da quel momento fece rotta direttamente verso il capo Portland, sulla costa meridionale dell'Islanda. La traversata non ebbe alcun incidente degno di nota.
Io sopportai abbastanza bene la prova del mare. Lo zio invece, con suo gran dispetto e vergogna più grande, si sentì sempre male. Non poté quindi interrogare il capitano Bjarne sulla questione dello Sneffels, sui mezzi di comunicazione, sulle facilità di trasporto e dovette rimandare quelle spiegazioni al suo arrivo. Trascorse tutto il tempo coricato nella cabina, le cui pareti scricchiolavano ai colpi di beccheggio. Bisogna ammettere che quella sorte un po' se la meritava.
Il giorno 11 rilevammo capo Portland. L'aria tersa ci permise di scorgere il vulcano Myrdal, che lo domina.
La *Valkyria* si tenne a ragionevole distanza dalla costa, seguendola verso ovest, tra numerosi banchi di balene e di squali. Presto apparve un'immensa roccia traforata attraverso la quale il mare spumeggiante batteva con furia. Gli isolotti di Westman sembravano uscire dall'oceano, come un seminato di scogli. Da quel momento la goletta prese campo per aggirare a buona distanza il capo Reykjanes, che forma l'angolo occidentale dell'Islanda. Il mare, molto forte, impediva allo zio di salire sul ponte per ammirare quelle coste frastagliate.
Quarantott'ore dopo, uscendo da una tempesta che obbligò la goletta a fuggire a vele ammainate, fu avvistato verso est il gavitello di pericolo della punta di Skagen, i cui pericolosi scogli si prolungano a

grande distanza sotto i flutti. Un pilota islandese venne a bordo e tre ore dopo la *Valkyria* gettava l'ancora a Reykjavík, nella baia di Faxa. Il professore uscì finalmente dalla cabina, un po' pallido, ma con un lampo di soddisfazione negli occhi. La popolazione della città, straordinariamente interessata all'arrivo di una nave nella quale ognuno ha qualche cosa da aspettare, era raccolta sulla banchina.
Lo zio aveva fretta di abbandonare la sua prigione galleggiante, ma prima di lasciare il ponte della goletta mi trascinò sul davanti, e là, nella parte settentrionale della baia, mi indicò con il dito una montagna con due vette coperte da nevi eterne.
"Lo Sneffels!" esclamò.
Dopo avermi raccomandato a gesti il silenzio assoluto, scese nel canotto che l'aspettava. Io lo seguii e poco dopo mettevamo piede sul suolo dell'Islanda. Comparve subito un signore di bella presenza, con la divisa da generale. Era un funzionario civile, il governatore dell'isola: il barone Trampe in persona. Il professore presentò al governatore le sue lettere di Copenaghen e fra i due si intrecciò una breve conversazione in danese, alla quale io rimasi assolutamente estraneo. Da quel primo colloquio risultò che il barone Trampe si era messo completamente a disposizione del professor Lidenbrock. Lo zio ebbe pure un'accoglienza amabilissima dal sindaco, il signor Finsen, dalla divisa non meno militare di quella del governatore, ma altrettanto pacifico. Quanto al coadiutore, il signor Pictursson, dovevamo rinunciare per il momento a essergli presentati perché stava facendo un giro episcopale nella provincia del Nord. Ma un uomo simpaticissimo, il cui aiuto fu per noi prezioso, fu il signor Fridriksson, professore di scienze naturali nella scuola di Reykjavík.
Quel modesto scienziato parlava solo l'islandese e il latino e venne a offrirmi i suoi servizi nella lingua di Orazio. Sentii che eravamo fatti per intenderci. Fu infatti il solo con il quale potei intrattenermi durante il mio soggiorno in Islanda.
Delle tre camere di cui si componeva la sua casetta, ne mise due a nostra disposizione e subito ci stabilimmo là con i nostri bagagli, la cui quantità stupì un poco gli abitanti di Reykjavík.

"Axel" mi disse lo zio, "le cose vanno bene e il più è fatto."
"Come il più è fatto?" esclamai.
"Certo: ora non ci resta che scendere."
"Se la metti così, hai ragione... Ma dopo essere discesi, bisognerà risalire, immagino..."
"Questo non mi preoccupa. Vediamo un po'... Non c'è tempo da perdere. Io vado alla biblioteca. Forse vi si trova qualche manoscritto di Saknussemm, e mi farebbe piacere consultarlo."
"Intanto io vado a visitare la città. Tu non lo farai?"
"Oh, la cosa non m'interessa. Quello che è degno di curiosità in questa terra non è il sopra, ma il sotto."
Io uscii e mi misi a girovagare.
Non sarebbe stato facile smarrirsi nelle due vie di Reykjavík e dunque non dovetti farmi indicare la strada. La città si allunga fra le due colline, su un suolo basso e acquitrinoso. Un'immensa colata di lava la costeggia da un lato e scende a rampe dolci verso il mare. Dall'altro, si estende la vasta baia di Faxa, limitata a nord dal ghiaccio dello Sneffels, e in cui la *Valkyria* si trovava sola all'ancora. Di solito i guardacoste inglesi e francesi si tengono ancorati al largo; ma in quel momento erano in servizio sulle coste orientali dell'isola. La più lunga delle due vie di Reykjavík è parallela alla spiaggia: lì hanno sede i mercati e i negozianti, in casette di legno costruite con travi rosse. L'altra via, più a ovest, corre verso un laghetto, in mezzo tra la casa del vescovo e quelle di chi è estraneo al commercio.
Percorsi in poco tempo quelle vie cupe e tristi. Intravedevo ogni tanto un tratto di prato scolorito, come un vecchio tappeto di lana logoro per l'uso, o un'apparenza di orto. Verso la metà della seconda via trovai il cimitero, cinto da un muro di terra, nel quale il posto non mancava di certo. Dopo pochi passi, arrivai alla casa del governatore, una casupola rispetto al palazzo municipale di Amburgo, ma un palazzo a confronto delle capanne islandesi. Tra il laghetto e la città s'innalzava la chiesa protestante, fatta di pietre calcinate, estratte dai vulcani. Evidentemente, ai forti venti dell'Ovest il suo tetto di tegole rosse doveva disperdersi per aria con grave danno dei fedeli.

Su una vicina prominenza scorsi la Scuola Nazionale, nella quale, come seppi poi dal nostro ospite, si insegnavano l'ebraico, l'inglese, il francese e il danese, quattro lingue delle quali, purtroppo, non conoscevo una parola.
In tre ore visitai la città e i dintorni. L'aspetto era complessivamente triste: niente vegetazione e ovunque le creste vive delle rocce vulcaniche. Le capanne degli islandesi sono di terra e torba, e i muri sono inclinati verso l'interno: sembrano tetti appoggiati al suolo. Quei tetti sono prati fecondi: grazie al calore dell'abitazione, vi cresce l'erba che poi viene falciata all'epoca della fienagione.
Durante la mia escursione, incontrai pochi abitanti: tornando nella via dei commercianti, trovai molta gente occupata a seccare, salare e insaccare il merluzzo, il principale articolo di esportazione. Gli uomini sembravano robusti ma massicci, simili a poveri esiliati, relegati su quella terra di ghiaccio. Tentai inutilmente di sorprendere sul loro volto un sorriso: ridevano a volte per una specie d'involontaria contrazione dei muscoli, ma non sorridevano mai. Il loro abito era un grossolano camiciotto di lana nera, il *vadmel*, un cappello a tesa larga, un paio di calzoni con la fascia rossa e due pezzi di cuoio ripiegati per formare le calzature. Le donne, dal viso triste e rassegnato, indossavano un corpetto e una gonna di *vadmel* scuro: le fanciulle portavano sui capelli intrecciati a ghirlanda un berrettino di lana bruno; le donne sposate avevano la testa avvolta con un fazzoletto colorato, sormontato da una specie di cimiero di tela bianca.
Dopo una buona passeggiata tornai nella casa del signor Fridriksson, dove lo zio era in compagnia dell'ospite.

10

Il pranzo era pronto e fu divorato dal professor Lidenbrock, a cui la dieta forzata di bordo aveva formato nello stomaco una profonda voragine. Il pasto, più danese che islandese, non ebbe in sé nulla di notevole; ma il nostro ospite, più islandese che danese, mi fece tornare in mente gli eroi dell'antica ospitalità. Mi parve evidente che in casa sua noi valevamo più di lui stesso.

La conversazione avvenne in lingua indigena, che lo zio inframezzava di tedesco e il signor Fridriksson di latino, perché anch'io potessi capire, e si svolse su questioni scientifiche, ma il professor Lidenbrock fu troppo riservato e, a ogni frase, i suoi occhi mi raccomandavano il più assoluto silenzio.

Il signor Fridriksson interrogò lo zio sull'esito delle sue ricerche in biblioteca.

"La vostra biblioteca!" rispose quest'ultimo. "È fatta di volumi scompagnati disposti su assi quasi vuote."

"Come!" reagì il signor Fridriksson. "Noi possediamo ottomila volumi, molti dei quali rari e preziosi, opere nell'antica lingua scandinava, e tutte le novità che Copenaghen ogni anno ci invia."

"E dove sono questi ottomila volumi? Per conto mio..."

"Oh, signor Lidenbrock! Viaggiano per il paese. Abbiamo il gusto dello studio nella nostra vecchia isola. Non c'è un fittavolo o un pescatore che non sappia leggere e non legga. Secondo noi, i libri, invece di ammuffire dietro una grata di ferro, lontani dagli sguardi curiosi, sono destinati a consumarsi sotto gli occhi dei lettori. Dunque quei volumi passano di mano in mano, sfogliati, letti e riletti, e spesso non tornano allo scaffale se non dopo un anno o due."

"Frattanto" osservò lo zio con un certo dispetto," gli stranieri..."

"Che volete! Gli stranieri hanno nel proprio paese le loro biblioteche, mentre prima di tutto occorre che i nostri abitanti si istruiscano. Come vi ho detto, gli islandesi hanno nel sangue l'amore per lo studio. Così, nel 1816, abbiamo fondato una Società Letteraria che va avanti bene: alcuni dotti stranieri si onorano di farne parte. Pubblica i libri destinati all'educazione dei nostri compatrioti e rende veri servizi al paese. Se voleste esserne membro, signore, ci fareste il più gran piacere."

Lo zio, che faceva già parte di un centinaio di società scientifiche, accettò con una benevolenza che commosse il signor Fridriksson.

"E ora" riprese questi, "vogliate indicarmi che libri speravate di trovare nella nostra biblioteca, e potrò forse darvi delle informazioni al riguardo."

Lo zio esitava a rispondere. La domanda riguardava direttamente i suoi progetti. Solo dopo aver riflettuto, si costrinse a parlare.

"Volevo sapere, signor Fridriksson" disse, "se fra le opere antiche avete quelle di Arne Saknussemm."

"Arne Saknussemm!" rispose il professore di Reykjavík. "Quello scienziato del XVI secolo che fu nello stesso tempo grande naturalista, grande alchimista e grande viaggiatore?"

"Esatto."

"Una delle glorie della letteratura e della scienza islandesi?"

"Proprio lui."

Lo zio nuotava nella gioia sentendo parlare così del suo eroe e divorava il signor Fridriksson con gli occhi.

"Ebbene" domandò, "le sue opere?"

"Quelle non le abbiamo."

"Come! In Islanda?!"

"Non esistono né in Islanda né altrove."

"Perché?"

"Arne Saknussemm fu perseguitato per eresia e, nel 1573, le sue opere vennero bruciate a Copenaghen."

"Perfetto!" esclamò lo zio, scandalizzando il professore di scienze naturali. "Sì, tutto si spiega e ora capisco perché Saknussemm, costretto a nascondere le scoperte del suo genio, abbia dovuto nascondere il segreto in un crittogramma..."

"Quale segreto?" domandò incuriosito il signor Fridriksson.

"Un segreto che..." balbettò lo zio.

"Per caso ha qualche documento particolare?" insisté il nostro ospite.
"No... Era solo una supposizione."
"Bene..." rispose il signor Fridriksson, che ebbe la cortesia di non insistere. Poi aggiunse: "Spero che non lascerete la nostra isola senza aver attinto alle sue ricchezze mineralogiche".
"Certo" rispose lo zio, "ma arrivo un po' tardi: altri scienziati saranno già passati, no?"
"È vero. I lavori di molti scienziati hanno recentemente contribuito a far conoscere l'Islanda. Però, fidatevi, c'è ancora molto da fare."
"Credete?" domandò lo zio, cercando di moderare il lampo dei propri occhi.
"Quante montagne, quanti ghiacciai, quanti vulcani da studiare, ancora poco conosciuti! Guardate, senza andare troppo lontano, quel monte all'orizzonte: è lo Sneffels!"
"Ah!" annuì lo zio. "Dite lo Sneffels?"
"Sì, uno dei vulcani più curiosi, di cui si visita poco il cratere."
"È spento?"
"Da cinquecento anni!"
"Ebbene" disse lo zio, che incrociava freneticamente le gambe per non balzare in piedi, "ho voglia di cominciare i miei studi da quel Seffel... Fessel... come avete detto?"
"Sneffels" ripeté l'eccellente signor Fridriksson.
Questa parte della conversazione era avvenuta in latino, quindi avevo capito tutto, e faticavo a restare serio vedendo lo zio trattenere a fatica la propria traboccante soddisfazione: tentava d'assumere un'aria d'innocenza che sembrava la smorfia d'un vecchio diavolo.
"Sì" rispose, "le vostre parole mi hanno convinto. Tenteremo di scalare lo Sneffels, e forse anche di studiarne il cratere."
"Mi spiace" rispose il signor Fridriksson, "che le mie occupazioni non mi consentano di assentarmi. Vi avrei accompagnato con piacere."
"Oh, no!" rispose vivacemente lo zio. "Non vogliamo disturbare nessuno, signore: ma vi ringrazio con tutto il cuore. La presenza di uno scienziato della vostra grandezza ci sarebbe stata preziosa, ma i doveri della vostra professione..."

Mi piace credere che, nell'innocenza della sua anima, il nostro ospite non comprendesse la malizia dello zio.

"Approvo, signor Lidenbrock" riprese l'ospite, "che cominciate da quel vulcano: vi compirete molte curiose osservazioni. Ma, ditemi, come pensate di raggiungere la penisola dello Sneffels?"

"Attraversando la baia: è la strada più breve."

"Certo, ma non si può prendere."

"Perché?"

"Perché a Reykjavík non c'è nemmeno un canotto."

"Accidenti!"

"Bisognerà andare via terra, seguendo la costa. Sarà una strada più lunga, ma più interessante."

"Bene. Mi procurerò una guida."

"Ne ho giusto una da proporvi."

"Un uomo affidabile e intelligente?"

"Sì, un abitante della penisola. È un cacciatore di edredòni, l'uccello palmipede che nidifica sugli scogli, e che tappezza i nidi del suo finissimo piumino, molle, soffice, con cui s'imbottiscono guanciali. Inoltre, parla perfettamente il danese."

"Quando potrò incontrarlo?"

"Anche domani, se volete."

"Perché non oggi?"

"Perché arriverà solo domani."

"A domani, allora" sospirò lo zio.

Quella conversazione terminò poco dopo con i calorosi ringraziamenti del professore tedesco al professore islandese.

11

La sera feci una breve passeggiata sul lido di Reykjavík e tornai presto per mettermi nel letto, formato di grosse tavole, dove m'immersi in un sonno profondo. Quando mi svegliai, udii lo zio parlare nella stanza vicina. Mi affrettai a raggiungerlo.

Stava parlando in danese con un uomo alto e vigoroso, che doveva avere una forza fuori dal comune. Gli occhi nella testa grossa mi parvero intelligenti ed erano d'un azzurro sognante. Lunghi capelli fulvi gli ricadevano sulle spalle atletiche. Aveva i movimenti agili, ma muoveva poco le braccia, da uomo che disprezza la lingua dei gesti. Tutto in lui rivelava un temperamento perfettamente calmo. Si sentiva che non chiedeva niente a nessuno, che lavorava come gli conveniva. Colsi le sfumature del suo carattere dal modo in cui ascoltava le chiacchiere appassionate dello zio. Teneva le braccia incrociate, immobile di fronte al gesticolare dello zio; per dire di no, muoveva la testa da sinistra a destra, per dire di sì la chinava, ma così poco che i capelli si muovevano appena. Guardando quell'uomo non avrei mai indovinato il suo mestiere di cacciatore.

Tutto mi divenne chiaro quando il signor Fridriksson mi disse che quel tranquillo personaggio non era che un cacciatore di edredòne, una specie di anatra, il cui tenero piumaggio era la maggior ricchezza dell'isola. Non occorre un gran spreco di movimenti per raccoglierlo. Nei primi giorni dell'estate, la femmina dell'edredòne costruisce il nido fra gli scogli dei fiordi e, una volta fatto il nido, lo tappezza con le finissime piume. Subito arriva il cacciatore, che prende il nido, e l'anatra ricomincia il suo lavoro.

Quando la femmina si è completamente spogliata è la volta del maschio. Ma, poiché la piuma dura e grossolana del maschio non ha alcun valore commerciale, il cacciatore non gli ruba il letto della covata. Dunque il nido viene completato, la femmina cova, nascono i piccoli e l'anno seguente la raccolta ricomincia.

Il cacciatore islandese era un colono che non doveva né seminare né tagliare la messe, ma solo raccogliere.
Quel personaggio flemmatico si chiamava Hans Bjelke, era raccomandato dal signor Fredriksson ed era la nostra guida. I suoi modi erano l'opposto di quelli dello zio: tuttavia, s'intesero. Né l'uno né l'altro badavano al prezzo, uno pronto ad accettare quel che gli venisse offerto, l'altro pronto a dare quanto gli venisse domandato.
Dagli accordi presi, Hans s'impegnava a condurci fino al villaggio di Stapi, sulla costa della penisola di Sneffels, alla base del vulcano. Bisognava percorrere circa ventidue miglia in due giorni. Ma quando seppe che si trattava di miglia danesi di 24.000 piedi, il professore dovette rifare il calcolo e stimare sette o otto giorni di cammino.
Occorrevano quattro cavalli, uno per lo zio, uno per me e due per i bagagli. Hans sarebbe andato a piedi, come sua abitudine. Conosceva bene quella parte della costa, e promise di prendere la via più breve.
Il suo impegno non si concludeva a Stapi: sarebbe restato con noi per tutto il tempo necessario alle nostre escursioni scientifiche, al prezzo di tre *riksdalers* per settimana. La paga gli sarebbe stata versata ogni sabato sera.
La partenza fu stabilita per il 16 giugno. Lo zio voleva dare al cacciatore la caparra del contratto conchiuso, ma quello lo fermò con una parola: "Efter". "Dopo", tradusse il professore per me.
Concluso il patto, Hans si ritirò.
"Un uomo magnifico!" esclamò lo zio.
"Allora ci accompagna fino al..."
"Ma certo, Axel, fino al centro della Terra."
Ci restavano ancora quarantott'ore ma, con mio grande rincrescimento, le dovetti impiegare nei preparativi. Tutto il nostro ingegno fu impegnato per disporre ciascun oggetto nel modo migliore: gli strumenti da una parte, le armi dall'altra, gli utensili in un pacco, i viveri in un altro. Lo zio si era ben guardato dal dimenticare la provvista di tabacco, di polvere da caccia e di miccia; nella cintura di cuoio che portava alla vita si trovava una quantità sufficiente di denaro in oro, argento e biglietti di banca.

La giornata del 14 fu impiegata interamente per sistemare tutto.
La sera cenammo dal barone Trampe, in compagnia del sindaco di Reykjavík e del dottor Hyaltalin, il medico capo del paese. Il signor Fridriksson non era tra gli ospiti: lui e il governatore erano in disaccordo su una questione amministrativa ed evitavano d'incontrarsi. Non capii una parola di quanto si disse durante quel pranzo. Notai solo che lo zio parlava sempre.
Il 15 i preparativi furono completati. Il nostro ospite fece un gran piacere al professore regalandogli una carta dell'Islanda, senza paragone più perfetta di quella di Handerson. Era un prezioso documento per un mineralogista.
L'ultima serata fu trascorsa in una amichevole conversazione col signor Fridriksson, che mi era molto simpatico, cui seguì un sonno abbastanza agitato, almeno per me.
Alle cinque del mattino mi svegliarono i nitriti di quattro cavalli che scalpitavano sotto la mia finestra. Scesi in strada. Hans stava terminando di caricare i bagagli. Lo zio faceva più rumore a parole che altro; ma la guida si preoccupava ben poco delle sue raccomandazioni.
Alle sei era tutto finito. Il professor Fridriksson ci strinse le mani, e lo zio lo ringraziò molto cordialmente in islandese.
Quanto a me, abbozzai nel miglior latino che potessi un saluto cordiale, poi montammo in sella e l'ospite mi lanciò come ultimo addio questo verso di Virgilio che sembrava fatto apposta per noi: qualunque strada il destino assegnò, seguiamola!

12

Partimmo con il cielo coperto ma il tempo stabile. Il piacere di correre a cavallo attraverso un paese sconosciuto mi riconciliava con l'inizio dell'impresa. Ero tutto preso dalla felicità dell'escursionista, e cominciavo a interessarmi alla spedizione.
Del resto, dicevo tra me e me, che cosa rischio? Di viaggiare in un paese assai curioso, di scalare una montagna interessante e, nella peggiore delle ipotesi, di scendere in fondo a un cratere spento. È evidente che quel Saknussemm non ha fatto altro. Quanto all'esistenza di una galleria che finisca al centro del globo, è pura immaginazione. Avevo appena finito questo ragionamento quando uscimmo da Reykjavík.
Hans camminava in testa, con passo rapido. Seguivano i due cavalli con i bagagli, senza che fosse necessario guidarli. Ultimi, lo zio e io, che non facevamo brutta figura sulle nostre bestie piccole e vigorose.
L'Islanda è una delle più grandi isole d'Europa e i geografi la dividono in quattro zone: noi dovevamo attraversare obliquamente quella che portava il nome di Quarto del sud-ovest, Sudvestr Fjördungr.
Hans seguì la riva del mare. Attraversammo magri pascoli e cime rugose si disegnavano all'orizzonte tra le brume dell'Est; ogni tanto incontrammo zone coperte di neve che, concentrando la luce diffusa, splendevano sul versante delle cime lontane; alcune vette più ardite bucavano le nubi e riapparivano al di sopra dei vapori, come scogli emersi nel cielo.
I cavalli sceglievano d'istinto i passaggi più agevoli senza rallentare il passo. Lo zio non aveva neppure la consolazione di spronare la cavalcatura: non gli era consentito di essere impaziente. Da parte mia, non potevo non sorridere vedendolo così grande sul suo cavallino e, siccome le sue gambe quasi toccavano terra, sembrava un centauro a sei piedi.
"Buona bestia!" diceva. "Vedrai, Axel, che non c'è animale più intelligente del cavallo islandese: niente lo ferma. È coraggioso, sobrio e sicuro. Se incontra un fiume o un fiordo da attraversare, lo vedrai

entrare in acqua senza esitare, come un anfibio. Ma non bisogna trattarlo con autorità, bisogna lasciarlo fare."

Avanzavamo rapidamente. Il paese era quasi deserto: qua e là una fattoria isolata, qualche *boer* – l'abitazione dei contadini islandesi – solitario, fatto di legno, di terra, di pezzi di lava, appariva sull'orlo d'un sentiero infossato. In quel paese mancavano le strade: la vegetazione, per quanto tarda a spuntare, cancellava presto il passo dei rari viaggiatori. Dopo aver percorso mezzo miglio, non avevamo ancora visto né un colono né un pastore: solo alcune vacche e poche pecore abbandonate a se stesse. Due ore dopo aver lasciato Reykjavík, arrivammo al borgo di Gufenes, chiamato *aoalkirkja* o chiesa principale. Hans vi si fermò per una mezz'ora. Condivise con noi il nostro pasto frugale, rispose con un sì o con un no alle domande dello zio e, quando gli fu chiesto dove pensasse di passare la notte, rispose soltanto: "Gardar".

Consultai la carta per sapere cosa fosse Gardar e trovai un villaggio con quel nome sulla riva del Hvalfjörd, a quattro miglia da Reykjavík. La mostrai allo zio.

"Quattro sole miglia!" esclamò. "Quattro su ventidue! Ma questa è una passeggiata."

Tre ore dopo, calpestando l'erba scolorita dei pascoli, dovemmo aggirare il Hvalfjörd e non tardammo a entrare in un *pingstaosr*, luogo di giurisdizione comunale chiamato Ejulberg, il cui campanile avrebbe suonato le dodici, se le chiese islandesi fossero state abbastanza ricche da avere un orologio.

Facemmo rinfrescare i cavalli, poi prendendo per una riva racchiusa tra una catena di colline e il mare, arrivammo in una sola tirata all'*aoalkirkja* di Brantar, e un miglio più oltre a Saurboer Annexia, sulla riva meridionale del Hvalfjörd.

Erano le quattro di sera e avevamo percorso quattro miglia. In quel punto il fiordo era largo almeno mezzo miglio, le onde battevano rumorose sulle rocce acute e il golfo si apriva tra le muraglie di scogli alte non meno di mille metri. Qualunque fosse l'intelligenza dei nostri cavalli, io non vedevo bene la traversata d'un vero braccio di mare a dorso di quadrupede.

“Se sono intelligenti” pensai, “non tenteranno di passare. Comunque, m’incarico io di essere intelligente per loro.” Ma lo zio, che non voleva aspettare, diede di sprone verso la riva. La cavalcatura fiutò le onde e si fermò; lo zio, che aveva anche lui il proprio istinto, la spinse ancora. L’animale scosse la testa. Da una parte cominciarono imprecazioni, colpi di frustino e dall’altra la bestia cominciò a scalciare per disarcionare il cavaliere. Alla fine il cavalluccio, piegando i garretti, si ritirò dalle gambe del professore e lo lasciò diritto su due pietre della riva.
“Maledetto animale!” esclamò lo zio.
“*Färja*” disse la guida, toccandogli la spalla.
“Come?! Un battello?”
“*Der*” rispose Hans indicando un battello.
“Sì” risposi io. “C’è una chiatta.”
“Bastava dirlo! Andiamo.”
“*Tidvatten*” riprese la guida.
“Che cosa dice?”
“Marea” tradusse per me lo zio dal danese.
“Bisogna aspettare la marea?”
“*Förbida?*” chiese lo zio.
“*Ja*” rispose Hans.
Lo zio batté il piede, mentre i cavalli andavano verso la chiatta. Capii perfettamente la necessità di aspettare per intraprendere la traversata del fiordo, il momento della marea in cui il mare, arrivato alla massima altezza, fosse in fase di stanca. Allora il flusso e il riflusso non avevano un’azione sensibile e il traghetto non rischiava di essere trascinato addentro il golfo o in pieno oceano.
Il momento favorevole arrivò alle sei di sera. Lo zio, io, la guida, i due traghettatori e i quattro cavalli prendemmo posto in una barca piatta, dall’aspetto fragile. Abituato com’ero ai traghetti a vapore dell’Elba, i remi dei battellieri mi sembrarono uno strumento meschino. Impiegammo più di un’ora per attraversare il fiordo, ma il passaggio avvenne senza incidenti. Mezz’ora dopo, raggiungevamo l’*aoalkirkja* di Gardar.

13

Avrebbe dovuto far notte, ma al sessantacinquesimo parallelo il calore diurno delle regioni polari non poteva stupirmi: in Islanda, durante i mesi di giugno e luglio, il sole non tramonta mai. La temperatura si era però abbassata: avevo freddo e soprattutto fame. Fu dunque benvenuto il *boer* che si aprì per accoglierci. Era la casa di un contadino, ma in fatto di ospitalità valeva quella di un re. Al nostro arrivo, il padrone ci strinse la mano e, senza altre cerimonie, ci fece cenno di seguirlo.

Un passaggio stretto e scuro dava accesso all'abitazione costruita con travi appena squadrate e consentiva di arrivare a ciascuna delle quattro stanze: la cucina, il laboratorio di tessitura, la *badstrofa* (camera da letto) e, migliore di tutte, la camera dei forestieri. Lo zio, alla cui statura non si era pensato costruendo la casa, batté tre o quattro volte la testa contro la trave del soffitto.

Fummo accompagnati alla nostra camera, una specie di grande sala con il pavimento di terra battuta, illuminata da una finestra i cui vetri erano membrane di pecora ben poco trasparenti. I letti erano formati di foraggio secco disteso in due telai di legno dipinti in rosso e decorati con motti islandesi.

Non mi aspettavo quella comodità, anche se nella casa regnava un forte odore di pesce secco, carne macerata e latte acido.

Avevamo appena deposto il nostro armamentario, quando la voce dell'ospite ci invitò in cucina, il solo ambiente in cui si accendeva il fuoco, anche con i più grandi freddi. Lo zio si affrettò a obbedire e io lo seguii.

Il camino della cucina, che serviva anche da sala da pranzo, era di modello antico: stava in mezzo alla stanza, con il focolare formato da una sola pietra e un buco nel tetto dal quale usciva il fumo. L'ospite, come se ci vedesse per la prima volta, ci salutò con la parola *saellvertu*, che significa "siate felici", e ci baciò sulla guancia. Dopo di lui, la moglie pronunciò la stessa parola, accompagnata dallo stesso cerimoniale, poi i due s'inchinarono, mettendosi una mano sul cuore.

Erano genitori di diciannove figli, tutti, 'grandi e piccini', formicolanti alla rinfusa in mezzo alle volute di fumo. Ogni tanto vedevo una testolina bionda uscire da quella nebbia. Sia io che lo zio facemmo buona accoglienza a quella covata, e tre o quattro marmocchi ci montarono sulle spalle, altrettanti sulle ginocchia, e il resto si collocò tra le gambe. Quelli che parlavano ripetevano *saellvertu* in tutti i toni; quelli che non parlavano gridavano anche più forte.

Quel concerto fu interrotto dall'annuncio del pasto. In quel momento entrò il cacciatore, che aveva provveduto al nutrimento dei cavalli, cioè li aveva lasciati in libertà sui prati, dove le povere bestie dovevano brucare il raro muschio delle rocce e qualche fuco poco nutriente.

"*Saellvertu*" fece Hans entrando.

E automaticamente, senza che un bacio fosse più accentuato dell'altro, baciò l'ospite, la moglie e i loro diciannove rampolli.

Terminata la cerimonia, ci mettemmo a tavola tutti e ventiquattro, gli uni sugli altri nel vero senso della parola: i più fortunati avevano due soli marmocchi sulle ginocchia.

All'arrivo della zuppa, calò il silenzio. L'ospite ci servì una zuppa di lichene tutt'altro che spiacevole, poi un'enorme porzione di pesce secco che nuotava nel burro inacidito da vent'anni e insieme lo *skyr*, specie di latte cagliato, accompagnato da biscotto e condito con succo di bacche di ginepro. Infine, come bevanda, siero misto ad acqua. Non giudicai se quello strano nutrimento fosse buono o no: avevo fame e, al dolce, inghiottii fino all'ultimo boccone una specie di polenta di grano saraceno.

Terminato il pasto, i ragazzi scomparvero e i grandi circondarono il focolare, in cui bruciavano insieme torba, erica, sterco di bue e ossi di pesce secco. Ben scaldati, i vari gruppi tornarono nelle rispettive camere. La padrona di casa ci offrì di toglierci, secondo l'uso, le calze e i pantaloni ma, a un grazioso rifiuto da parte nostra, non insisté, e finalmente potei rannicchiarmi nella mia cuccia.

L'indomani alle cinque salutammo il contadino islandese. Lo zio faticò

a fargli accettare una remunerazione e, alla fine, Hans diede il segnale della partenza. A cento passi da Gardar, il terreno cominciò a cambiare: il suolo divenne acquitrinoso e meno favorevole al cammino.
Sulla destra, la fila delle montagne si prolungava a perdita d'occhio come un immenso sistema di fortificazioni naturali, di cui seguivamo la controscarpata: spesso incontravamo un ruscello che bisognava passare a guado, cercando di non bagnare troppo i bagagli.
Il deserto diventava sempre più profondo, ma qualche volta un'ombra umana pareva fuggisse lontano. Se una svolta della strada ci avvicinava d'improvviso a uno di quegli spettri, io provavo un istantaneo disgusto alla vista di una testa gonfia, della pelle calva e lucente e di piaghe ripugnanti rivelate dagli strappi nei cenci. Quella disgraziata creatura fuggiva anzi, ma non tanto presto che Hans non potesse salutarla col solito *saellvertu*.
"*Spetelsk*" diceva.
"Lebbroso" traduceva lo zio.
Quella sola parola bastava a repellere. Quell'orribile male è abbastanza comune in Islanda: non è contagioso, ma ereditario e quindi a quei miserabili è vietato il matrimonio. Anche il paesaggio stava diventando profondamente triste: gli ultimi ciuffi d'erba morivano sotto i nostri piedi. Non un albero, se non qualche gruppo di betulle nane simili a sterpaglie. Non un animale, se non qualche cavallo, di quelli che il padrone non poteva nutrire e vagava sulle pianure desolate. A volte un falco si librava tra le grigie nubi e fuggiva sbattendo le ali verso sud. Io mi lasciavo prendere dalla malinconia di quella natura selvatica, e i ricordi mi riportavano al paese natio.
Dovemmo attraversare parecchi piccoli fiordi senza importanza e, infine, un vero golfo. La marea, in quel momento ferma, ci permise di passare subito e di raggiungere il villaggio di Alftanes. La sera, dopo aver passato a guado l'Alfa e l'Heta, due fiumi ricchi di trote e di lucci, fummo obbligati a trascorrere la notte in una catapecchia abbandonata. Sicuramente il genio del freddo vi aveva eletto il proprio domicilio e ci stuzzicò per tutta la notte. Il giorno seguente trascorse senza particolari incidenti. Sempre lo stesso terreno acquitrinoso, la

stessa uniformità. A sera avevamo superato metà della distanza da percorrere, e dormivamo all'*annexia* di Krosolbt.

Il 19 giugno, un terreno di lava si stese sotto i nostri piedi per circa un miglio. Quel suolo era chiamato *hraun*: la lava, cui si mescola anche una parte di asfalto bituminoso, rugosa in superficie, assumeva forme di gomene ora allungate, ora arrotolate. Un'immensa colata scendeva dalle montagne vicine, vulcani spenti, ma di cui quegli avanzi mostravano l'antica violenza. Qua e là serpeggiavano ancora alcune fumate di sorgenti calde. Ci mancava il tempo per osservare quei fenomeni: bisognava proseguire.

Presto il suolo acquitrinoso ricomparve, interrotto qua e là da piccoli laghi. La nostra direzione era verso ovest: avevamo aggirato la grande baia di Faxa, e la doppia cima bianca dello Sneffels si ergeva tra le nubi, a meno di cinque miglia.

I cavalli camminavano bene: le difficoltà del terreno non li fermavano. Cominciavo a sentirmi stanco, mentre lo zio era sereno e arzillo come il primo giorno. Non potevo fare a meno di ammirare lui e il cacciatore, che considerava quella spedizione una passeggiata.

Sabato 20 giugno, alle sei di sera, raggiungemmo Budir, villaggio sulla riva del mare, e la guida chiese la paga convenuta, che lo zio gli diede subito. La famiglia stessa di Hans, vale a dire i suoi zii e i suoi cugini, ci offrì ospitalità. Fummo accolti bene e, pur senza abusare della bontà di quella brava gente, mi sarei volentieri ristorato in casa loro delle fatiche del viaggio.

Ma lo zio non era dello stesso avviso e l'indomani inforcammo di nuovo le nostre brave bestie. Il suolo risentiva della vicinanza della montagna, le cui radici di granito spuntavano dal terreno come quelle d'una quercia secolare. Stavamo aggirando l'immensa base del vulcano. Il professore non lo lasciava con gli occhi, gesticolava e pareva dire in tono di sfida: "Ecco il gigante che sono venuto a domare!"

Dopo quattro ore di cammino, i cavalli si fermarono da soli alla porta del presbiterio di Stapi.

14

Stapi è un borgo di una trentina di capanne, tutto costruito nella lava, sotto i raggi del sole riflessi dal vulcano. Si stende in fondo a un piccolo fiordo incassato in una muraglia di basalto.
È noto che il basalto è una roccia scura derivata dal fuoco, che presenta forme regolari. In essa la natura procede geometricamente e lavora come se adoperasse squadra, compasso e filo a piombo.
A Stapi questo spettacolo mi si presentò in tutta la sua bellezza.
La muraglia del fiordo, come tutta la costa della penisola, era composta da una serie verticale di colonne alte trenta piedi che sopportavano il peso di una volta a forma di arco, composta da una serie di colonne orizzontali che si inarcavano protese sul mare. Sotto questi scoli naturali, l'occhio intravedeva aperture perfettamente ovali, attraverso cui le onde che venivano dal largo s'infrangevano con molta schiuma.
Alcuni tronchi di basalto, strappati dalla forza dell'oceano, erano a terra come rovine di un antico tempio, rovine perennemente giovani sulle quali i secoli passavano senza lasciare traccia. Quella era l'ultima tappa del nostro viaggio. Hans ci aveva guidati là con ogni prudenza e io mi sentivo rassicurato al pensiero che ci avrebbe accompagnato ancora.
Quando arrivammo alla porta della casa del pastore, un'abitazione semplice, né più bella né più comoda delle altre, vidi un uomo che stava ferrando un cavallo.
"*Saellvertu*" gli disse il cacciatore.
"*God dag*" rispose il maniscalco danese.
"*Kyrkoherde*" disse Hans guardando lo zio.
"Il pastore!" ripeté quest'ultimo. "Sembra, Axel, che quest'uomo sia il pastore."
Intanto, la guida ragguagliava il *kyrkoherde* sulla situazione. Quello interruppe il lavoro e lanciò una specie d'urlo senz'altro in uso tra cavalli e sensali e, improvvisamente, dalla casupola uscì una donna

brutta e altissima. Era alta quasi due metri. Avevo paura che venisse a portare ai viaggiatori il bacio islandese, ma per fortuna non fu così, anzi ci fece entrare nella sua abitazione con malagrazia.

La camera per gli ospiti era la più brutta di tutta la casa: era stretta, sporca ed emanava un cattivo odore, ma ci dovemmo accontentare. Il pastore non sembrava mettere in atto l'antica ospitalità e, prima che la giornata fosse conclusa, mi accorsi che avevamo a che fare con un fabbro, un pescatore, un cacciatore e un falegname, ma non un ministro del Signore. Pensai che si comportasse così perché era un giorno feriale e che la domenica fosse diverso.

Non voglio parlar male di quei poveri preti che non si possono dire fortunati: la pensione che ricevono dal governo è misera e tengono un quarto delle offerte della parrocchia, ma tutto ciò non arriva a sessanta marchi. Insomma, è necessario che lavorino per vivere; ma pescando, cacciando e ferrando cavalli, finiscono per avere i modi e il tono dei cacciatori, dei pescatori, dei maniscalchi e di altri tipi piuttosto grossolani. Quella sera stessa notai che il nostro ospite tra le sue virtù non aveva la sobrietà.

Lo zio comprese subito con che uomo aveva a che fare: ci eravamo imbattuti in un contadino ottuso. Quindi decise d'iniziare subito la sua spedizione e lasciare quella parrocchia al più presto. Egli non sentiva la stanchezza e decise di trascorrere alcuni giorni sulla montagna. I preparativi per la partenza iniziarono il giorno dopo il nostro arrivo a Stapi. Hans trovò tre islandesi che sostituissero i cavalli nel trasporto dei bagagli, ma una volta giunti in fondo al cratere, dovevano tornarsene indietro e lasciarci. Questo venne chiarito sin dall'inizio.

Pertanto lo zio si trovò costretto ad ammettere che intendeva andare sino ai limiti estremi del vulcano. Hans approvò. Andare là o in un altro posto, immergersi nelle parti più interne della sua isola o attraversarla, per lui era la stessa cosa. Quanto a me, distratto fino a quel momento dal viaggio, avevo quasi dimenticato quel che mi aspettava, ma ora sentivo il mio cuore battere più forte. Che potevo fare? Era ad Amburgo e non ai piedi dello Sneffels che avrei dovuto resistere al professor Lidenbrock. Tra le tante idee, una mi agitava moltissimo,

un'idea spaventosa che avrebbe innervosito persone anche meno sensibili di me.
"Vediamo" mi dicevo, "stiamo per salire sullo Sneffels. Bene. Andremo a visitare il suo cratere. Molto bene. Altri l'hanno fatto e non sono morti. Se c'è una via per scendere all'interno della Terra, se Saknussemm ha detto il vero, ci perderemo nelle gallerie sotterranee. Niente dimostra che lo Sneffels sia spento! Chi ci dice che non stia preparando un'eruzione? Il fatto che questo mostro dorma dal 1229, ci garantisce che non si possa risvegliare? E se si risveglia, che cosa succederà?" L'avventura doveva essere affrontata con più calma. Non riuscivo a dormire senza sognare eruzioni. Alla fine non potei più sopportare questi pensieri e li esposi allo zio nella maniera più cauta, come se si trattasse di ipotesi assurde. Andai da lui e gli parlai le mie preoccupazioni.
"Ci pensavo" rispose con molta semplicità.
Che cosa volevano dire le sue parole? Stava forse per ascoltare la voce della ragione? La cosa era troppo bella per essere vera.
Dopo qualche attimo di silenzio, continuò: "Sin da quando siamo giunti a Stapi, il problema che ti sei posto mi ha preoccupato, perché non bisogna agire da imprudenti".
"No" approvai.
"Sono seicento anni che lo Sneffels non parla, ma può sempre farlo. Le eruzioni sono sempre precedute da fenomeni ormai noti e ho parlato con gli abitanti del paese, ho studiato il suolo e posso assicurarti, Axel, che non ci saranno eruzioni."
Fui meravigliato da questa affermazione e non reagii.
"Credi che non sia sincero?" disse lo zio. "Seguimi."
Involontariamente, obbedii. Uscendo dalla casa parrocchiale, il professore imboccò una via che, attraverso un varco nella muraglia di basalto, si allontanava dal mare. Fummo quasi subito sull'immensa distesa di detriti vulcanici. Il paese sembrava come soffocato da una pioggia di enormi pietre.
Da ogni parte vedevo salire vapori. Quei vapori bianchi, detti *reykir* in lingua islandese, provenivano dalle sorgenti termali e confermava-

no l'attività vulcanica del terreno. Tutto questo sembrava giustificare le mie paure e per questo non compresi più nulla quando lo zio disse: "Guarda questi vapori, Axel. Sono la prova che non abbiamo niente da temere".

"Questa poi!" esclamai.

"Ricorda" rispose il professore, "che quando un'eruzione è vicina, questi vapori aumentano e scompaiono del tutto durante il fenomeno, perché i fluidi elastici, non essendo più tesi al punto giusto, vanno verso i crateri, invece di fuggire attraverso le aperture. Se questi vapori si conservano nel loro stato normale, se la loro attività non aumenta e se a tale osservazione aggiungi che il vento e la pioggia non sono sostituiti da un'aria pesante e calma, stai sicuro che non vi sarà un'eruzione. Quando la scienza parla, bisogna stare zitti."

Ritornai verso la casa parrocchiale rattristato. Lo zio mi aveva battuto con argomentazioni scientifiche. Tuttavia speravo che, una volta arrivati in fondo al cratere, sarebbe stato impossibile per noi scendere più in basso.

La notte successiva sognai di essere dentro un vulcano e che, dalle profondità della Terra, venivo lanciato verso spazi interplanetari come roccia eruttiva. Il giorno successivo, 23 giugno, Hans ci attendeva con i suoi compagni carichi di viveri, utensili e strumenti. Due bastoni ferrati, due fucili e due cartuccere erano per lo zio e per me. Hans, da uomo saggio, aveva aggiunto un otre pieno che, insieme con le nostre borracce, ci assicurava acqua per otto giorni.

Erano le nove del mattino. Il pastore e la gigantessa aspettavano davanti alla porta per rivolgerci il saluto supremo dell'ospite al viaggiatore. Tuttavia questo saluto diventò inaspettatamente il modo per porgerci un conto astronomico nel quale veniva fatta pagare anche l'aria della casa parrocchiale. La degna coppia ci spellava come un albergatore svizzero e valutava a caro prezzo la propria scarsa ospitalità. Lo zio pagò senza discutere. Un uomo che partiva per il centro della Terra non doveva badare al denaro. Risolto questo problema, Hans diede il segnale di partenza e lasciammo Stapi.

15

Lo Sneffels è alto cinquemila piedi e si trova alla fine di una fascia trachitica che si allontana dal sistema montuoso dell'isola. Dal nostro punto di partenza era impossibile vedere i suoi due picchi. Potevo vedere solo un grandissimo cappello di neve calato sulla fronte del gigante.

Camminavamo in fila, preceduti dal cacciatore che arrancava per stretti sentieri. In fila indiana, la conversazione diventava impossibile. Oltre la muraglia di basalto del fiordo di Stapi, ci imbattemmo dapprima in un terreno di torba erbacea e fibrosa, resto dell'antica vegetazione delle paludi della penisola. Questo vasto giacimento, misurato dal fondo di certi burroni, in molti punti arrivava a più di settanta piedi di profondità.

Degno nipote del professor Lidenbrock, sebbene fossi preoccupato, osservavo interessato le curiosità minerali messe in mostra in quell'immenso museo di storia naturale, e nello stesso tempo ripercorrevo la storia geologica dell'Islanda. Quest'isola, così strana, nacque dal fondo delle acque in un'epoca relativamente recente. È possibile, anzi, che tuttora si alzi impercettibilmente. Questa ipotesi mi portò a studiare con attenzione la conformazione del terreno e, in poco tempo, mi resi conto dei fenomeni che avevano contribuito alla sua formazione.

Il cammino si faceva sempre più impegnativo: pezzi di roccia franavano e bisognava osservare le più scrupolose precauzioni per evitare cadute.

Hans avanzava con tranquillità come se si fosse trovato su un terreno piano e a volte spariva per qualche istante dietro le grandi rocce, ma un fischio acuto che faceva con la bocca ci indicava la direzione da seguire. Si fermava spesso e raccoglieva pietre che poi disponeva in modo che potessero essere riferimenti per il ritorno. Attenzione in sé buona, ma che gli avvenimenti successivi resero inutile.

Tre faticose ore di marcia ci avevano portato solo alla base della montagna. Là Hans ci fece segno di fermarci e consumammo una colazione frugale.

Lo zio ingoiava porzioni doppie per far prima. Ma, siccome la pausa per mangiare era anche sosta di riposo, dovette attendere il benestare della guida, che un'ora dopo diede il via. I tre islandesi non fiatarono e mangiarono con moderazione.

Cominciavamo ormai a scalare i fianchi dello Sneffels. La sua vetta piena di neve, a causa di un'illusione ottica, mi sembrava molto vicina, invece quante lunghe ore prima di raggiungerla! E quanta fatica! Le pietre franavano sotto i nostri piedi e rotolavano via veloci come valanghe.

In certi punti, i fianchi della montagna formavano con l'orizzonte un angolo di almeno 36 gradi: non era possibile salire per quel versante, quindi bisognava aggirare i pendii sassosi. In quei casi ci aiutavamo l'un con l'altro con i nostri bastoni.

Riconosco che lo zio si teneva il più possibile vicino a me: non mi abbandonava un attimo e più volte mi offrì un valido appoggio con il suo braccio. Lui non barcollava mai. Gli islandesi, nonostante fossero carichi, salivano agili, da esperti montanari.

Guardando l'altezza della cima dello Sneffels, mi sembrava impossibile raggiungerla da quel versante, se l'angolo di inclinazione non fosse diventato meno ripido. Fortunatamente, dopo un'ora di fatiche, al centro della vasta distesa nevosa lungo le pendici del vulcano, si presentò qualcosa di simile a una scalinata che facilitò molto la salita. Era formata da uno di quei torrenti di pietre espulsi dalle eruzioni, che in islandese si chiamano *stina*. Se quel torrente non fosse stato fermato nella sua discesa dalla forma della montagna, sarebbe finito in mare e vi avrebbe creato nuove isole.

Così com'era ci fu molto utile: la ripidezza della salita aumentava, tuttavia i gradini di pietra ci concedevano di salire con facilità e rapidamente tanto che, attardandomi indietro mentre i miei compagni continuavano la salita, li vidi diventare di proporzioni infinitesimali.

Alle sette di sera avevamo superato i duemila gradini della scalinata e dominavamo un falsopiano della montagna: una specie di basamento su cui poggiava il cono del cratere.

Il mare si distendeva più di tremiladuecento piedi sotto di noi. Avevamo superato il limite delle nevi perenni, che in Islanda non sono molto in alto a causa dell'umidità del clima. Faceva molto freddo e il vento soffiava con forza. Ero al limite delle mie forze. Il professore si accorse del mio stato e, malgrado la voglia di arrivare, decise di fermarsi. Fece un segno al cacciatore, che scosse il capo dicendo: "*Ofvanfor*".

"Sembra che si debba salire ancora" disse lo zio e poi chiese a Hans il perché della sua risposta.

"*Mistour*" rispose la guida.

"*Ja, mistour*" ripeté uno degli islandesi, spaventato.

"Che cosa vuole dire?" domandai.

"Guarda" disse lo zio.

Volsi lo sguardo verso la pianura. Un'immensa nuvola di polvere di pietra pomice, sabbia e polvere si alzava vorticando: il vento la portava contro il fianco dello Sneffels al quale ci tenevamo aggrappati. Quella nube opaca, stesa davanti al sole, formava un'immensa ombra. Se la tromba d'aria si fosse piegata, ci avrebbe inevitabilmente avvinghiato nelle sue spire. Quel fenomeno, che accade molto spesso quando soffia il vento dei ghiacciai, in islandese si chiama *mistour*.

"*Hastigt*!" gridò la nostra guida.

Pur non comprendendo il danese, intuii che dovevamo seguire Hans, e subito. Cominciò a girare attorno al cono del cratere, di traverso, abbastanza da rendere più agevole la via. Poco dopo, la tromba s'abbatté contro la montagna, che tremò sotto la spinta. Le pietre avvolte nei vortici girarono in una pioggia di schegge come durante un'eruzione. Noi eravamo per fortuna sul lato opposto, al riparo da ogni pericolo ma, senza la vigile attenzione della guida, saremmo stati travolti.

Hans non ritenne opportuno trascorrere la notte sui fianchi del monte, e preferiva arrivare in vetta. Per raggiungere quella meta impiegammo quasi cinque ore: i giri, le ascensioni in diagonale e i ritorni

indietro avevano allungato il cammino di almeno tre leghe. Ero sfinito dal freddo e dalla fame e l'aria rarefatta non bastava più ai miei polmoni.
Verso le undici di sera, giungemmo sulla vetta dello Sneffels. Prima di andare a ripararmi all'interno del cratere, feci in tempo a vedere il sole di mezzanotte, nella fase più bassa del suo cammino, lanciare i suoi pallidi raggi sull'isola silenziosa.

16

La cena venne consumata velocemente e la compagnia si sistemò alla meglio. Il letto era duro, il riparo insicuro e la situazione molto difficile a cinquemila piedi sopra il livello del mare. Nonostante tutto, dormii bene per tutta la notte, una delle migliori che avessi passato da molto tempo. Non sognai nemmeno.

Il giorno dopo ci svegliammo infreddoliti per l'aria pungente, ma ai raggi di un bel sole. Abbandonai il letto di granito e andai ad ammirare il panorama. Stavo sulla vetta del picco meridionale dello Sneffels. Da lì la mia vista si stendeva sulla maggior parte dell'isola. Per un gioco ottico, le rive sembravano in rilievo e le parti al centro parevano inghiottite. Vedevo le valli intercalarsi in tutte le direzioni, i precipizi scavati come pozzi, i laghi simili a stagni e i fiumi come torrenti. Sulla mia destra si susseguivano moltissimi ghiacciai e numerose vette, alcune delle quali avvolte dal fumo. Le ondulazioni senza fine di queste montagne, che la neve faceva sembrare spumeggianti, mi ricordò la superficie di un mare in tempesta. Se guardavo a ovest, l'oceano si stendeva maestoso, quasi fosse la continuazione delle vette biancheggianti: non riuscivo quasi a distinguere dove finisse la terra e dove cominciassero le onde. Il mio sguardo si immergeva nel trasparente riflesso dei raggi solari e dimenticavo chi ero, dov'ero, per vivere la vita degli elfi, le creature della mitologia scandinava. Venni riportato alla realtà dall'arrivo del professore e di Hans, che mi raggiunsero sulla vetta.

"Vedo una nebbia, un fantasma di terra che s'innalza oltre le onde" riferii al professore.

"La Groenlandia" disse. "È distante meno di trentacinque leghe e, durante il disgelo, gli orsi bianchi arrivano in Islanda attraverso i ghiacci. Ma non importa. Siamo sulla vetta dello Sneffels e Hans ci dirà con quale nome gli islandesi chiamano il picco su cui siamo."

Interrogato, il cacciatore rispose: "Scartaris".

Lo zio mi lanciò uno sguardo di trionfo.

"Al cratere!" disse.
Il cratere dello Sneffels era un cono rovesciato la cui bocca aveva mezza lega di diametro. Stimavo che la sua profondità fosse di duemila piedi circa. La base dell'imbuto non doveva misurare più di cinquecento piedi di circonferenza, tanto che la si poteva raggiungere attraverso un dolcissimo pendio. Pur non volendo, paragonavo quel cratere a un grandissimo cannone, e il paragone m'impauriva. Scendere in un cannone, pensavo, che forse può essere carico e può sparare al più piccolo urto, è una cosa da pazzi.
Tuttavia, non potevo tornare indietro. Hans, indifferente, prese il comando della compagnia e lo seguimmo senza parlare. Per facilitare la discesa, Hans tracciava all'interno del cono alcune ellissi molto allungate. Avanzavamo tra rocce eruttive, alcune delle quali, una volta smosse, rimbalzavano fino al fondo dell'abisso.
Alcune sezioni di cono formavano ghiacciai interni. In questi casi, Hans avanzava con molta cautela, saggiando il terreno con il bastone ferrato per trovare i crepacci. In certi punti pericolosi dovemmo legarci con una lunga corda così, se a qualcuno fosse scivolato un piede, i compagni lo avrebbero sorretto. Questo della cordata era un buon espediente, ma non escludeva il pericolo.
Nonostante le difficoltà di alcuni punti scoscesi che la guida non conosceva, il percorso si svolse senza incidenti, a parte la caduta di un rotolo di corde che sfuggì dalle mani di un islandese e andò a finire sul fondo dell'abisso.
A mezzogiorno eravamo già arrivati. Alzai la testa e vidi l'entrata superiore del cono che incorniciava un pezzo di cielo dalla forma quasi perfetta di un cerchio, anche se molto piccolo. In un punto soltanto si stagliava la vetta dello Scartaris, che si immergeva nell'infinito.
In fondo al cratere si aprivano tre bocche attraverso cui, durante le eruzioni, il focolare centrale sfogava lava e vapori. Queste bocche avevano circa cento piedi di diametro. Erano là, spalancate sotto di noi. Non ebbi il coraggio di guardarvi dentro. Il professor Lidenbrock, invece, ne aveva esaminato la disposizione e correva dall'una all'altra gesticolando e pronunciando parole incomprensibili. Hans e com-

pagni, seduti su blocchi di lava, lo guardavano come se lo credessero pazzo.

Improvvisamente, lo zio lanciò un grido. Credetti avesse messo un piede in fallo e fosse precipitato, ma non era così. Lo vidi con le braccia stese, le gambe aperte, in piedi davanti a una roccia granitica messa al centro del cratere come il piedistallo di una statua. Era nella posizione della meraviglia, ma il suo sbigottimento lasciò subito il posto a una gioia irrefrenabile.

"Axel!" gridò. "Vieni!"

Accorsi, ma gli altri non si mossero.

"Guarda!" mi disse il professore.

Condividendo la sua meraviglia, lessi sul lato occidentale del macigno, in caratteri runici corrosi dal tempo, il nome mille volte maledetto.

"Arne Saknussemm!" esclamò lo zio. "Hai ancora dubbi, adesso?"

Non risposi e tornai abbattuto al mio masso di lava. L'evidenza era schiacciante. Non saprei dire per quanto tempo sia rimasto immerso nelle mie riflessioni, ma so che, alzando la testa, vidi lo zio e Hans sul fondo del cratere.

Gli islandesi erano stati congedati e stavano ridiscendendo i fianchi dello Sneffels per ritornare a Stapi.

Hans dormiva tranquillamente ai piedi di una roccia in una colata di lava nella quale aveva creato un letto. Lo zio si muoveva in fondo al cratere come una bestia in trappola. Non trovai né la voglia né la forza d'alzarmi e, seguendo l'esempio dell'islandese, mi lasciai andare a un sonno quasi doloroso, con la sensazione di sentire rumori e sussulti nei fianchi della montagna. Così trascorsi la prima notte in fondo al cratere.

Il giorno dopo una cappa grigia s'abbassò sulla vetta. Me ne resi conto per la collera dello zio. Ne capii la ragione e un'ultima speranza mi aprì il cuore.

Delle tre strade aperte ai nostri piedi, una sola era stata seguita da Saknussemm. A quanto diceva lo scienziato islandese, doveva essere riconosciuta dal fatto che l'ombra dello Scartaris ne toccava gli orli gli ultimi giorni del mese di giugno.

Quel picco aguzzo poteva essere considerato come l'ago di una gigantesca meridiana, l'ombra del quale, in un certo giorno, indicava la strada per il centro della Terra. Quindi se il sole fosse stato assente, sarebbe mancata l'ombra e dunque l'indicazione. Eravamo al 25 giugno e, se il cielo fosse rimasto coperto per sei giorni, si sarebbe dovuta rimandare l'osservazione a un altro anno.

Rinuncio a descrivere la collera del professor Lidenbrock. La giornata passò e neppure un'ombra si disegnò sul fondo del cratere. Hans non si mosse dal suo posto, eppure doveva domandarsi che cosa attendessimo, ammesso che si chiedesse qualcosa! Lo zio non mi rivolse la parola: i suoi sguardi, quasi sempre rivolti al cielo, si perdevano di fronte alla cappa grigia.

Il 26 ancora niente. Una pioggia mista a neve cadde per tutto il giorno. Hans costruì una capanna con pezzi di lava, e io rimasi a seguire con lo sguardo le migliaia di cascatelle improvvisate sui fianchi del cono, di cui ogni pietra accresceva l'assordante mormorio. Lo zio non riusciva più a trattenersi: c'era di che irritare l'uomo più paziente, perché era proprio come arenarsi in un porto. Il cielo però unisce ai grandi dolori le grandi gioie e riservava al professor Lidenbrock una soddisfazione pari alla sua esasperazione.

Il giorno successivo il cielo rimase ancora coperto, ma domenica 28 giugno, terzultimo giorno del mese, con il cambiamento della luna cambiò anche il tempo. Il sole inondò il cratere. Ogni montagnola, ogni masso, ogni pietra, ogni rilievo ebbero una parte di emanazione di luce e allungarono immediatamente la loro ombra sul terreno. Lo Scartaris si stagliò come una freccia aguzza e prese impercettibilmente a girare con il movimento dell'astro diurno. Lo zio si muoveva con lei. A mezzogiorno, quando la freccia era più corta, andò a toccare l'orlo della bocca centrale.

"Là!" esclamò il professore. "È là! Al centro della Terra!" aggiunse in danese.

"*Forut*!" disse tranquillamente la guida.

"Avanti" rispose lo zio.

Erano l'una e tredici minuti del pomeriggio.

17

Iniziava il vero viaggio. Non avevo ancora guardato dentro quel pozzo senza fondo in cui stavo per calarmi. Era giunto il momento: potevo avviarmi all'impresa o rifiutarmi di tentarla. Ma mi vergognai di indietreggiare davanti al cacciatore. Hans affrontava così tranquillamente la situazione che arrossii al pensiero di sembrare meno coraggioso di lui.
Se fossi stato solo, avrei certamente fatto valere le mie ragioni, ma davanti alla guida tacqui e tornai con la mente alla mia bella virlandese. Fu così che mi avvicinai alla bocca centrale.
Mi chinai da una roccia a strapiombo, e guardai dentro e mi prese il senso di vuoto. Sentii che il mio centro di gravità si spostava e la vertigine mi salì alla testa come un'ebbrezza. Niente di più tremendo di questa attrazione dell'abisso: stavo per cadere, ma una mano mi trattenne. Era quella di Hans.
Per poco che avessi osato guardare nel pozzo, era stato sufficiente per rendermi conto della sua struttura. Le pareti tagliate a picco avevano molte prominenze che potevano facilitare la discesa ma, anche se la scalinata non mancava, non c'era la ringhiera. Una corda legata alla bocca superiore sarebbe stata sufficiente per tenerci, ma come l'avremmo tolta quando fossimo arrivati giù?
Lo zio usò un metodo molto semplice per superare questa difficoltà. Sciolse una corda grossa come un pollice, lunga quattrocento piedi, e ne lasciò scorrere la metà. La legò attorno a un masso sporgente di lava e lanciò nella bocca anche l'altra metà. Ora ognuno di noi poteva scendere, tenendo in mano le due metà della corda. Una volta scesi per duecento piedi sarebbe stato facile recuperarla, abbandonando un capo e tirando l'altro. Si sarebbe poi continuato questo sistema all'infinito.
"E ora" disse lo zio dopo aver compiuto questi preparativi, "occupiamoci dei bagagli. Li divideremo in tre involti e ognuno di noi se ne legherà uno alla schiena. Tratteremo così solo gli oggetti fragili."

Il professore non ci riteneva parte di quest'ultima categoria.
"Hans" continuò "prenderà gli utensili e una parte dei viveri. Tu, Axel, un'altra parte dei viveri e le armi. Io, i viveri rimasti e gli strumenti delicati."
"Ma" feci io "gli abiti e questo mucchio di corde e di scale, chi li porterà?"
"Scenderanno da soli."
"Come?"
"Così."
A un suo gesto, Hans mise insieme in un fagotto gli oggetti più resistenti, legò strettamente l'involto e lo lanciò nell'abisso, come fosse la cosa più naturale.
Lo zio, curvo sul baratro, osservava soddisfatto la discesa dei suoi bagagli e si alzò solo dopo averli persi di vista.
"Bene" disse. "E ora, a noi."
Il professore si legò sulla schiena il pacco degli strumenti; Hans quello degli utensili; io quello delle armi. La discesa iniziò con quest'ordine: Hans, lo zio e io. Procedemmo in un silenzio di tomba rotto solo dalla caduta dei frammenti di roccia. Mi lasciai scivolare tenendo con una mano la doppia corda e attaccandomi forte con l'altra per mezzo del bastone ferrato. Non avevo altro che un pensiero: la paura che cedesse il punto d'appoggio. La corda mi sembrava troppo debole per reggere il peso di tre persone, e la usavo il meno possibile tentando miracoli di equilibrio sopra le sporgenze di lava che il mio piede cercava di prendere come se fosse stato una mano.
Quando uno di quei gradini scivolosi cedeva sotto i piedi di Hans, questi annunciava calmo: "*Gif akt*!"
"Attenzione!" ripeteva lo zio.
Dopo una mezz'ora eravamo su una roccia incassata nella parete della gola. Hans tirò la corda per uno dei capi. L'altro salì nell'aria e, dopo aver superato la roccia in alto, ricadde tirandosi dietro pezzi di pietra e lava come una pericolosa grandine.
Guardando all'esterno della nostra terrazza, osservai che il fondo dell'abisso non era ancora visibile. Riprese la manovra della corda,

e mezz'ora dopo eravamo scesi di altri duecento piedi. Non so se il geologo avrebbe cercato di studiare, durante la discesa, il periodo geologico dei terreni che lo circondavano. Per quanta mi riguarda, non me ne preoccupai: mi era del tutto indifferente.
Tuttavia il professore dovette fare le sue osservazioni perché, durante una sosta, disse: "Più avanzo e tanto più aumenta la mia fiducia. La disposizione di questi terreni dà ragione alla teoria di Davy; siamo in un terreno primordiale, in cui avvenne l'operazione chimica dei metalli infiammati al contatto dell'aria e dell'acqua. Rifiuto l'ipotesi del calore centrale e ce ne accorgeremo da soli".
Il mio silenzio fu scambiato per approvazione e la discesa proseguì.
Tre ore dopo non vedevo ancora il fondo della gola. Alzando il capo vedevo la sua bocca diventare sempre più piccola. Le pareti, per la pendenza, tendevano ad avvicinarsi. L'oscurità si faceva più fitta. Nonostante tutto, continuavamo a scendere. Mi pareva che le pietre che si staccavano dalle pareti scendessero con un rumore più sordo e che dovessero incontrare presto il fondo dell'abisso. Dato che avevo tenuto il conto esatto delle manovre della corda, avevo un' idea precisa della profondità cui eravamo e del tempo trascorso.
Fino a quel momento avevamo ripetuto quattordici volte la manovra, che durava una mezz'ora. Avevamo dunque impiegato sette ore, più quattordici quarti d'ora di riposo, cioè tre ore e mezzo: in tutto, dieci ore e mezzo. Eravamo partiti all'una, quindi dovevano essere le undici. Quanto alla profondità cui eravamo scesi, era di duemilaottocento piedi. A un certo momento sentimmo la voce di Hans: "Alt!"
Mi fermai proprio mentre stavo per toccare con i piedi la testa dello zio.
"Siamo arrivati" disse questi.
"Dove?" chiesi scivolandogli vicino.
"In fondo al pozzo perpendicolare."
"C'è un'altra uscita?"
"Sì, una specie di corridoio che scorgo di sfuggita e va verso destra in obliquo. Domani vedremo. Ceniamo qui e dopo dormiremo."
La notte non era ancora calata del tutto. Aprimmo il sacco delle

provviste, mangiammo e poi ognuno si adagiò alla meglio su pietre e frammenti di lava. Quando, sdraiato, aprii gli occhi, vidi un punto risplendere alla fine di quel tubo di quasi tremila piedi, trasformato in un gigantesco cannocchiale. Era una stella mancante di qualsiasi brillantezza e, secondo i miei calcoli, doveva essere Beta dell'Orsa Minore. A quel punto mi addormentai.

18

Alle otto del mattino, un raggio di luce ci svegliò. I mille intagli della lava delle pareti lo raccoglievano e lo riversavano come una pioggia di scintille. La luminosità bastava a farci vedere gli oggetti che avevamo intorno.

"Dunque, che ne dici, Axel?" esclamò lo zio strofinandosi le mani. "Hai mai trascorso una notte così calma nella casa di Königstrasse? Nessun rumore!"

"Senza dubbio siamo tranquilli in fondo a questo pozzo, ma questa calma ha qualcosa di terribile."

"Suvvia!" esclamò lo zio. "Se cominci a impaurirti adesso, che cosa farai più in là? Non siamo ancora entrati di un pollice nei meandri della Terra."

"Che intendi dire?"

"Abbiamo raggiunto solo la superficie dell'isola! Questo tubo verticale si ferma più o meno al livello del mare."

"Sei sicuro?"

"Sicurissimo: controlla il barometro."

Infatti il mercurio, salito nello strumento mentre noi scendevamo, si era fermato a ventinove pollici.

"Vedi" continuò il professore, "abbiamo ancora la pressione di una atmosfera, e io non vedo l'ora che il manometro venga a prendere il posto del barometro."

Questo strumento, infatti, sarebbe diventato inutile quando il peso dell'aria avesse superato la sua pressione calcolata a livello del mare.

"Ma" osservai "non dobbiamo temere che questa pressione crescente ci faccia stare male?"

"Scenderemo pian piano e i nostri polmoni si abitueranno a respirare aria più compressa. Agli aeronauti manca l'aria perché salgono negli strati superiori, invece noi ne avremo forse troppa, ma è meglio. Forza, sbrighiamoci. Dov'è il pacco che abbiamo buttato?"

La sera prima l'avevamo cercato inutilmente. Lo zio interrogò Hans, che, dopo aver guardato in giro con i suoi occhi di cacciatore, rispose: "*Der huppe!* Lassù".

Era finito su una guglia, un centinaio di piedi sopra le nostre teste.

L'agile islandese si arrampicò come un gatto, e in pochi minuti il pacco ci arrivò.

"E ora" disse lo zio, "facciamo colazione."

Le gallette e la carne secca furono bagnate da alcuni sorsi d'acqua mista a gin.

Finito lo spuntino, lo zio tolse dalla tasca un taccuino per le osservazioni. Consultò uno dopo l'altro i suoi strumenti e scrisse i dati che seguono:

Lunedì 1° luglio.
CRONOMETRO: Ore 8,17 minuti del mattino.
BAROMETRO: Pollici 29, 7 linee 3'
TERMOMETRO: 6
DIREZIONE: E-S-E.

Quest'ultima annotazione riguardava la galleria buia, e fu indicata dalla bussola.

"E ora, Axel" esclamò entusiasta il professore, "stiamo per entrare davvero dentro la Terra! In questo esatto momento inizia il nostro viaggio." Detto ciò, lo zio prese con una mano l'apparecchio di Ruhmkorff appeso al suo collo e con l'altra mise in comunicazione la corrente elettrica con la serpentina della lanterna: la luce viva allontanò il buio dalla galleria. Hans portava il secondo apparecchio messo in azione. Quella grandiosa applicazione dell'elettricità ci consentiva di proseguire anche in mezzo ai gas più infiammabili.

"In marcia!" disse lo zio.

Ognuno riprese il proprio involto. Hans si prese l'incarico di spingere in avanti il fagotto delle corde e degli abiti e, con me per ultimo, entrammo nella galleria. Al momento di scendere in quel corridoio, alzai la testa e vidi per l'ultima volta il cielo d'Islanda che non dovevo più rivedere. Nell'ultima eruzione del 1229, la lava era avanzata attraverso quel tunnel, poiché ne ricopriva l'interno di un intonaco denso e luminoso, che rifletteva i raggi della luce centuplicandone l'intensità. Tutte le difficoltà del cammino si riducevano a non scivolare troppo velocemente su un pendio inclinato di circa quarantacinque gradi. Per fortuna alcune erosioni e dossi facevano da gradini e non dovevamo far altro che scendere calando i nostri bagagli, legati da una lunga corda.

Quello che ai nostri piedi serviva da gradino, diventava stalattite alle pareti. La lava porosa creava piccole ampolle arrotondate: cristalli di quarzo opaco, adornati di limpide gocce di vetro, e sospesi alla volta come lampadari, sembravano accendersi al nostro passaggio. Pareva che i geni dell'abisso illuminassero il loro palazzo per ricevere gli ospiti.

"Magnifico!" esclamai. "Che spettacolo! Zio, guarda quelle sfumature della lava che vanno dal rosso al giallo splendente per gradazioni impercettibili!"

"Ah, ci sei, Axel!" rispose lo zio. "Trovi splendido tutto questo, ragazzo mio, ma spero vedrai altre cose. Camminiamo!"

Sarebbe stato più giusto dire: scivoliamo, poiché ci lasciavamo andare senza fatica lungo i piani in pendenza. La bussola, che consultavo spesso, segnava sud-est con impassibile esattezza. Quel canale di lava non voltava in nessuna direzione: era una linea retta.

Il calore non aumentava in maniera percettibile. Questo confermava le teorie di Davy e molte volte guardai il termometro con sorpresa: due ore dopo la partenza, non segnava che 10 gradi, cioè un aumento di 4 gradi. Ciò mi faceva pensare che la nostra avanzata fosse più orizzontale che verticale. Per quanto riguardava la profondità raggiunta, niente di più semplice: il professore misurava attentamente gli angoli di deviazione e di pendenza del percorso, ma teneva per sé l'esito delle sue osservazioni.

A sera, verso le otto, diede il segnale di sosta. Hans si mise subito a sedere e appendemmo la lampada a una sporgenza della lava. Eravamo in una specie di caverna in cui ci arrivavano sbuffi d'aria. Che cosa li produceva? Non cercai di trovare una soluzione al problema: la fame e la stanchezza mi rendevano incapace di ragionare. Sette ore consecutive di discesa implicano un enorme dispendio di energie, e io ero prostrato. Hans preparò alcune provviste su un masso e tutti consumammo il pasto con grande appetito. Solo una cosa mi preoccupava: la nostra riserva d'acqua era dimezzata. Lo zio riteneva di poterla rinnovare attingendo dalle sorgenti sotterranee, ma fino a quel momento non ne avevamo incontrate. Non mi trattenni dal far notare la cosa allo zio.

"Questa mancanza di sorgenti ti sorprende?"

"Sì, e anzi mi preoccupa, perché abbiamo acqua solo per cinque giorni."

"Sta' tranquillo, Axel. Troveremo acqua in abbondanza."

"Quando?"

"Appena avremo abbandonato questo strato di lava. Le sorgenti non possono attraversare queste pareti."

"Questo strato di lava potrebbe arrivare a grande profondità. Mi pare che in verticale non abbiamo fatto molta strada."

"Che cosa te lo fa pensare?"

"Se ci fossimo addentrati nella crosta terrestre, farebbe più caldo."

"Secondo la tua teoria" rispose lo zio, "che cosa segna il termometro?"

"Solo quindici gradi, cioè un aumento di nove gradi da quando siamo partiti."

"Concludi, allora!"

"Secondo le osservazioni più giuste, l'aumento della temperatura all'interno del globo è d'un grado ogni cento piedi. Certe situazioni geografiche possono alterare questa proporzione e così a Jakutsk, in Siberia, si è registrato l'aumento di un grado ogni trentasei piedi. Questa differenza è dovuta alla conduzione delle rocce. Oltre a ciò, in vicinanza di un vulcano spento e attraverso lo gneiss si è notato che l'aumento della temperatura era di un grado ogni centoventicinque piedi. Valutiamo allora quest'ultima ipotesi, che è la più favorevole, e calcoliamo."

"Calcola, ragazzo."

"È semplicissimo" dissi segnando alcune cifre sul taccuino. "Nove volte centoventicinque piedi dà millecentoventicinque piedi di profondità."

"Giusto."

"Dunque, secondo le mie osservazioni, siamo giunti a diecimila piedi sotto il livello del mare."

"Possibile?"

"Sì, oppure i numeri non sono più numeri!"

I calcoli del professore erano esatti. Avevamo già superato di seimila piedi le maggiori profondità raggiunte dall'uomo.

La temperatura, che a questo punto avrebbe dovuto essere di 81 gradi, era di 15 soltanto. Tutto ciò mi faceva pensare, e non poco.

19

Il giorno dopo, martedì 30 giugno, riprendemmo a scendere alle sei. Seguivamo sempre la galleria di lava, dolce come quei piani inclinati che prendono a volte il posto della scalinata nelle vecchie case. Proseguimmo fino a mezzogiorno e diciassette minuti, esattamente quando raggiungemmo Hans, che si era fermato.

"Ah!" esclamò lo zio. "Siamo arrivati al termine della galleria."

Guardai attorno a me: eravamo al centro di un incrocio nel quale sfociavano due strade cupe e strette. Quale bisognava prendere? Difficile stabilirlo. Lo zio non volle mostrarsi esitante né davanti a me né davanti alla guida e indicò la galleria a est, che imboccammo.

La pendenza di questa galleria era leggera e la sua sezione molto irregolare. A volte, una successione ricordava le navate di una cattedrale gotica. Un miglio più avanti dovevamo piegare il capo sotto l'arco a tutto sesto dello stile romanico: grandi pilastri incassati nelle pareti parevano abbassarsi sotto il piedistallo delle volte. In altri punti questa struttura lasciava il posto a basse costruzioni, simili a quelle dei castori, ed eravamo costretti a strisciare attraverso quelle strettoie.

Il calore si manteneva accettabile. Lo zio camminava, strisciava, inciampava con una sicurezza che era da ammirare.

Alle sei del pomeriggio, dopo una passeggiata per nulla faticosa, avevamo compiuto circa due leghe verso sud, ma soltanto un quarto di miglio in profondità.

Lo zio ordinò di fermarci e consumammo il pasto parlando poco, poi ci addormentammo senza pensieri. La nostra sistemazione per la notte era semplicissima: la coperta da viaggio serviva da letto e non dovevamo temere né il freddo né visite importune.

Il giorno dopo ci destammo freschi e ben disposti, e riprendemmo il cammino attraverso un sentiero di lava: era impossibile riconoscere la natura dei terreni che calpestavamo. La galleria, invece di inabissarsi dentro il globo, era orizzontale e mi sembrò persino che tornasse

verso la superficie. Tutto questo diventò chiaro intorno alle dieci del mattino e fui costretto a diminuire l'andatura.
"Dunque, Axel?" mi chiese impaziente il professore.
"Non ce la faccio più" risposi.
"Dopo soltanto tre ore di passeggiata su una strada così facile!"
"Facile, ma faticosa."
"Se non facciamo che scendere!"
"Salire, se non ti spiace!"
"Salire!" ripeté lo zio, alzando le spalle.
"Certo! Da mezz'ora il sentiero è cambiato e, se continuiamo così, torneremo in superficie."
Il professore scosse la testa. Cercai di riprendere il discorso, ma non mi rispose, e comandò di riprendere il cammino. Mi resi conto che il suo silenzio era malumore represso. Intanto, avevo ripreso il mio fagotto e seguii velocemente Hans. Non avevo voglia di rimanere indietro e la mia più grande preoccupazione era di non perdere di vista i compagni. Tremavo all'idea di perdermi nelle profondità di quel labirinto. Comunque, se il cammino in salita diventava faticoso, mi consolava il pensiero di riavvicinarmi alla superficie. Era una speranza che cresceva a ogni passo, e mi rallegravo pensando di rivedere la mia Grauben.
A mezzogiorno le pareti della galleria cambiarono aspetto. Mi resi conto, per l'indebolimento della luce elettrica riflessa dalle muraglie, che alla parete di lava seguiva la roccia viva. Era formata da strati in pendenza e spesso posti in verticale. Eravamo nel secondo periodo geologico dell'era primaria, nel mezzo del periodo siluriano.
"È chiaro!" esclamai. "I sedimenti delle acque hanno formato nel Paleolitico medio della Terra questi schisti, i calcari e le arenarie! Stiamo voltando le spalle alla massa granitica!"
Avrei dovuto tenere per me le mie osservazioni, ma la mia natura di geologo superò la prudenza e lo zio colse al volo le mie esclamazioni.
"Che cos'hai?" chiese.
"Guarda!" risposi, facendogli notare lo svariato susseguirsi delle rocce che avevo citato.

"Allora?"
"Siamo arrivati al periodo in cui sono apparsi le prime piante e i primi animali."
"Credi?"
"Esamina, guarda!"
Obbligai il professore a guardare con la lampada le pareti della galleria. Mi aspettavo qualche esclamazione, ma dalla sua bocca non uscì nemmeno una parola e proseguì. Aveva capito quel che gli avevo detto oppure no? Non voleva ammettere di essersi sbagliato prendendo la galleria a est oppure voleva esplorare il passaggio fino al termine? Era chiaro che avevamo lasciato la via delle lave e quel sentiero non portava al focolare dello Sneffels.
Nel frattempo io mi chiedevo se non mi fossi sbagliato anch'io. Non avevo percorso cento passi che mi si presentarono davanti prove inconfutabili. Così doveva essere, poiché nel periodo siluriano i mari avevano oltre millecinquecento specie vegetali o animali. I miei piedi, abituati al suolo duro delle lave, improvvisamente affondarono in un terriccio composto di resti di piante e di conchiglie. Sulle pareti erano presenti impronte di fucacee e di crittogame. Il professor Lidenbrock non poteva non riconoscerle, ma continuava ad avanzare. Era pura ostinazione. Non mi trattenni più e, raccolta una conchiglia in ottimo stato di conservazione, raggiunsi lo zio e gli dissi: "Guarda!"
"Ebbene?" rispose. "È la conchiglia di un crostaceo dell'ordine dei trilobiti, ora scomparso. Nient'altro."
"Ma che ne deduci?"
"Quello che deduci tu? Sì. Abbiamo abbandonato il canale delle lave. Può darsi che mi sia sbagliato, ma non sarò sicuro del mio errore fino a quando non avrò raggiunto la fine di questa galleria."
"Tu hai ragione, zio, e io approverei se non si dovesse temere un pericolo che si fa sempre più probabile."
"Quale?"
"La mancanza di acqua."
"Va bene, razioneremo l'acqua, Axel."

20

Fummo costretti a decidere per il razionamento. La nostra scorta d'acqua non poteva durare più di tre giorni. E, terribile situazione, non c'era alcuna speranza di trovare qualche sorgente in quei terreni del periodo devoniano.

Per tutto il giorno successivo la galleria si presentò a noi con i suoi archi. Andavamo avanti quasi senza parlare. Il mutismo di Hans ci aveva contagiato.

La strada non saliva, almeno non in modo sensibile e anzi qualche volta sembrava scendere, tuttavia quella leggera inclinazione non rallegrava il professore, perché la natura degli strati non cambiava e l'età devoniana era confermata. La luce elettrica rendeva brillanti gli schisti, i calcari e le vecchie arenarie rosse. Dal giorno precedente la creazione aveva fatto un notevole passo in avanti. Al posto dei trilobiti primitivi, si vedevano i resti di un ordine più perfetto, tra gli altri i pesci ganoidi e i sauropteri nei quali il paleontologo ha scoperto l'origine del rettile.

Era chiaro che stavamo risalendo la scala della vita animale di cui l'uomo occupa la parte superiore. Tuttavia, il professor Lidenbrock non faeva caso a tutto ciò. Attendeva due cose: che un pozzo verticale si aprisse sotto di lui o che un ostacolo gli impedisse di continuare quella strada. La sera arrivò senza che nessuna di queste speranze si fosse avverata. Il venerdì, dopo una notte in cui cominciai a provare i fastidi della sete, riprendemmo la marcia lungo i labirinti della galleria.

Trascorse dieci ore, notai che il riflesso della luce della lampada sulle pareti si affievoliva in modo strano. Il marmo, lo schisto, il calcare e l'arenaria avevano lasciato il posto a un intonaco scuro e senza brillantezza. Quando giungemmo a un punto particolarmente stretto, posi la mia mano sulla parete di sinistra.

Quando la ritirai era totalmente nera. La portai più vicino agli occhi e mi resi conto che ci trovavamo in uno strato di carbon fossile.

"Una miniera di carbone!" esclamai.
"Una miniera senza minatori" rispose lo zio.
"Chi lo sa!"
"Io lo so" replicò il professore. "Sono sicuro che questa galleria non è stata creata dalle mani dell'uomo. Ma m'interessa poco se sia o meno opera della natura. È ora di cena."
Hans preparò qualche provvista. Toccai appena il cibo e mandai giù le poche gocce d'acqua della mia razione. La borraccia piena a metà della guida era tutto quel che ci restava.
Terminato il pasto, i miei due compagni si sdraiarono tra le coperte e nel sonno trovarono la medicina alle loro fatiche. Io non riuscii a prendere sonno e contai le pecorelle fino alle prime luci dell'alba.
Il sabato alle sei riprendemmo la via. Venti minuti più tardi giungemmo in un'ampia caverna. Fu allora che ammisi che non poteva essere stato l'uomo a scavare quella miniera: le volte sarebbero state puntellate, mentre lì reggevano per un miracolo d'equilibrio.
Questa caverna era larga cento piedi e alta centocinquanta. Il suolo era stato aperto da un sisma sotterraneo. La roccia, cedendo sotto una spinta poderosa, si era aperta e aveva abbandonato quel largo vuoto.
Tutta la storia dell'età carbonica era scritta su quelle scure pareti, e per un geologo era facile ripercorrerne le diverse tappe. Gli strati di carbone erano divisi da strati di arenaria o di argilla compatta e come schiacciati dagli strati superiori.
Mille pensieri si susseguivano nella mia testa mentre ammiravo le ricchezze di carbone riunite in quella zona di crosta terrestre.
Nel frattempo continuavamo ad andare avanti. Soltanto io, tra i miei amici, dimenticavo la lunghezza della strada per lasciarmi andare a considerazioni geologiche. La temperatura era la stessa di quando avevamo attraversato le lave e gli schisti. Il mio olfatto era colpito da un forte odore di idrocarburo. Mi resi subito conto della presenza in gran quantità di quel pericoloso miscuglio di gas, al quale i minatori hanno dato il nome di grisù, la cui esplosione ha spesso causato tremende disgrazie.
Fortunatamente, eravamo illuminati dalle geniali apparecchiature di

Ruhmkorff. Se per fatalità avessimo attraversato quei luoghi con le torce, una deflagrazione avrebbe messo fine al viaggio.
L'attraversamento della miniera proseguì fino a sera. Lo zio tratteneva a stento la sua impazienza, causata dalla constatazione che il terreno si manteneva orizzontale. Il buio, sempre fitto, non permetteva di calcolare la lunghezza della galleria e io già credevo che fosse infinita, quando improvvisamente, alle sei, ci trovammo davanti a un muro. A destra, a sinistra, in alto, in basso non c'era via d'uscita. Eravamo finiti in un vicolo cieco.
"Tanto meglio!" esclamò lo zio. "Ora per lo meno so come agire. Non stiamo seguendo la strada di Saknussemm e non ci resta che tornare indietro. Riposiamo una notte ed entro tre giorni saremo tornati alla biforcazione delle due gallerie."
"Sì" risposi, "se ne avremo la forza."
"Perché no?"
"Perché domani finirà l'acqua."
"Mancherà anche il coraggio?" chiese il professore, guardandomi arcigno.
Nemmeno tentai di rispondergli.

21

Il giorno dopo partimmo alle prime luci dell'alba. Dovevamo affrettarci, poiché eravamo a cinque giorni di cammino dalla biforcazione.
Non mi dilungherò sulle sofferenze del ritorno. Lo zio le sopportò con la rabbia dell'uomo che perde fiducia; Hans con la rassegnazione della sua natura pacifica; io lamentandomi e disperandomi.
Come temevo, l'acqua finì al termine del primo giorno. La nostra provvista di liquido si ridusse al gin, ma l'infernale liquore bruciava la gola e io non potevo più vederlo. La temperatura sembrava soffocarmi. La fatica mi paralizzava. Più volte rischiai di cadere svenuto. Allora ci fermavamo, e lo zio e l'islandese cercavano di rimettermi in piedi come meglio potevano.
Alla fine, martedì 8 luglio, arrancando, giungemmo più morti che vivi al punto di unione delle due gallerie. Là caddi come una massa senza vita, sdraiato sul suolo lavico. Erano le dieci del mattino.
Hans e lo zio, appoggiati alla parete, cercarono di ingoiare qualche pezzo di galletta. Caddi in uno stato intermedio tra la veglia e il sonno. Dopo un po', lo zio mi si avvicinò e mi prese tra le braccia: "Povero ragazzo!" sussurrò con sincera pietà.
Mi vennero le lacrime agli occhi nel sentire quelle parole, perché il professore non era abituato a simili tenerezze. Presi le sue mani tremanti nelle mie ed egli mi lasciò fare guardandomi con le lacrime agli occhi.
Con grande meraviglia lo vidi prendere la borraccia che portava al fianco e avvicinarmela alle labbra: "Bevi" disse.
Avevo sentito bene? Lo zio era diventato pazzo?
Sollevando la borraccia, la vuotò tra le mie labbra.
Che piacere! Un sorso d'acqua venne a bagnare la mia bocca bruciata: soltanto un sorso, ma richiamò la vita che si stava spegnendo.
Ringraziai lo zio, a mani giunte.
"Un sorso d'acqua" disse, "l'ultimo, capisci? L'ultimo! L'avevo con-

servato come una cosa pregiata. Venti volte, cento volte ho dovuto resistere alla tentazione di berlo, ma l'ho conservato per te, Axel."

"Zio!" sussurrai, e grandi lacrime mi scendevano dagli occhi.

"Sì" povero ragazzo, "sapevo che, arrivato a questa biforcazione, saresti crollato. Ho serbato le mie ultime gocce d'acqua per farti riprendere."

"Grazie!" esclamai.

La mia sete era stata un poco placata, e comunque avevo ripreso un po' della mia energia. I muscoli tesi della gola si rilassavano e potevo parlare.

"Vediamo" dissi, "non ci resta che una cosa da fare. Siccome manca l'acqua, dobbiamo tornare indietro."

Mentre dicevo queste parole, lo zio chinava il capo e i suoi occhi sfuggivano ai miei.

"Bisogna tornare indietro" esclamai, "e riprendere la strada dello Sneffels. E che Dio ci aiuti a risalire sino alla cima del cratere."

"Ritornare!" disse lo zio, come se stesse parlando con se stesso.

"Sì, e senza perdere un istante."

Ci fu un momento di silenzio.

"Dunque, Axel" riprese il professore, "queste poche gocce d'acqua non ti hanno ridato il coraggio e la forza."

"Il coraggio!"

"Mi sembri sfinito come prima e ti sento ripetere parole di disperazione!"

Ma con chi avevo a che fare?!

"Come! Non vuoi?!"

"Rinunciare a una spedizione nel momento in cui tutto fa pensare che possa riuscire? Mai!"

"Se la pensi così, dobbiamo rassegnarci a morire."

"No, Axel, io non voglio farti morire! Hans verrà con te. Lasciami solo."

"Abbandonarti?!"

"Lasciami. Ho iniziato questo viaggio e arriverò fino in fondo, oppure non ritornerò. Vai via, Axel!"

La sua voce, per un momento divenuta dolce, si era fatta aspra e minacciosa. Combatteva ciecamente contro l'impossibile! Non volevo lasciarlo in fondo a quel baratro, ma l'istinto di conservazione mi spingeva a sfuggirlo.

La guida assisteva a quella scena con l'usuale indifferenza. Comunque, capiva quel che stava succedendo tra i suoi compagni, perché i nostri atti suggerivano in modo eloquente la diversa idea cui ciascuno di noi cercava di portare l'altro.

Perché in quel momento non riuscivo a farmi capire da lui? I pericoli che la guida non sembrava comprendere, glieli avrei fatti capire e toccare con mano e tutti e due uniti avremmo forse convinto il professore o, se necessario, lo avremmo portato con la forza sulla cima dello Sneffels!

Mi avvicinai a Hans e poggiai la mia mano sulla sua, ma non si mosse. Gli feci osservare la via del cratere, ma rimase inerte. L'islandese scosse leggermente il capo e, indicando lo zio, disse con voce calma: "*Master!*"

"Il padrone!" esclamai. "Non è il padrone della tua vita! Dobbiamo scappare! Capisci?"

Avevo preso Hans per un braccio e volevo costringerlo ad alzarsi. Mentre lottavo con lui, intervenne lo zio.

"Calmati" disse, "non otterrai niente da lui. Ascolta invece quel che ti propongo."

Con le braccia conserte fissai in volto lo zio.

"La mancanza di acqua" disse "è il solo ostacolo che impedisce i miei progetti. In questa galleria a est, composta di lave, schisti, carbon fossile, non ci siamo imbattuti neanche in una molecola liquida, ma può darsi che saremo più fortunati nella galleria a ovest."

Scossi il capo, incredulo.

"Ascolta tutto ciò che ho da dire" continuò il professore. "Mentre eri a terra, ho esaminato a lungo la struttura di questa galleria. Va a finire direttamente all'interno della Terra e in poche ore ci porterà al terrazzamento granitico, dove dovremmo trovare sorgenti in quantità. La natura della roccia lo fa pensare e l'istinto è d'accordo con la logica.

Quando Colombo chiese tre giorni al suo equipaggio per trovare terra, l'equipaggio esaudì la sua richiesta, ed egli scoprì il nuovo mondo. Io, il Colombo delle regioni sotterranee, ti chiedo un giorno solo e, se non troverò l'acqua, torneremo in superficie."

Sebbene fossi irritato, mi commossi e mi resi conto della fatica che lo zio faceva per parlare.

"Facciamo come vuoi tu" risposi, "e che Dio ci aiuti! Non restano che poche ore per tentare la sorte. Andiamo!"

22

Riprendemmo la discesa nell'altra galleria. Hans guidava il gruppo, come sempre. Avevamo percorso forse cento passi, quando il professore avvicinò la lampada alla muraglia ed esclamò: "Ecco i terreni arcaici! Siamo sulla buona strada!"

Dopo gli scisti vennero gli gneiss di struttura stratiforme, notevoli per la loro regolarità e per il parallelismo delle facciate; quindi i micascisti ornati da grandi lamine lucenti di mica bianca.

La luce delle apparecchiature, che si rifletteva sulla facciata rocciosa, mandava i suoi raggi in più direzioni e sembrava di avanzare dentro un diamante vuoto. Verso le sei, il gioco di luci si affievolì fino quasi a spegnersi e le pareti presero un colore cupo. Eravamo chiusi in un'immensa prigione di granito.

Erano le otto di sera e non avevamo ancora trovato l'acqua e iniziavo a soffrire in modo terribile. Lo zio guidava la fila e non intendeva fermarsi. Tendeva l'orecchio per cercare di cogliere il più piccolo mormorio, ma non si sentiva nulla!

Le gambe mi si piegavano sotto il peso del corpo, ma cercavo di resistere a quelle fatiche per non costringere lo zio a interrompere il viaggio. Per lui sarebbe stato il colpo di grazia, poiché il giorno ormai volgeva alla conclusione. Alla fine, comunque, l'energia mi venne a mancare del tutto. Urlai e stramazzai al suolo.

"Aiuto! Muoio!"

Lo zio accorse, mi guardò con le braccia incrociate, quindi con voce cupa disse: "È finito tutto".

I miei occhi videro per l'ultima volta un gesto dettato di rabbia, poi chiusi gli occhi. Quando mi ripresi, vidi i miei due compagni fermi, avvolti nelle loro coperte. Stavano dormendo? Non riuscivo a prendere sonno, stavo troppo male, soprattutto se pensavo che non c'era via d'uscita. Le ultime parole pronunciate dallo zio mi rimbalzavano nelle orecchie.

Sopra di noi avevamo una lega e mezzo di superficie terrestre e mi sembrava che quella massa poggiasse tutta sulle mie spalle. Mi sentivo schiacciato e mi affannavo per girarmi sul mio letto granitico.
Un silenzio profondo regnava intorno a noi, un silenzio totale: da quelle muraglie non veniva alcun rumore. Tuttavia, anche mezzo addormentato, mi parve di sentire un rumore. Mi sforzai di guardare nel buio e mi sembrò di scorgere l'islandese che andava via tenendo in mano la lampada.
Andava via! Lo zio continuava a dormire. Tentai di gridare, ma dalle mie labbra bruciate non uscì alcun suono. Il buio si era fatto profondo e gli ultimi rumori si erano dileguati.
"Hans ci abbandona!" gridai.
Ma gridai solo dentro di me. Tuttavia, poco dopo mi vergognai dei miei sospetti verso un uomo che s'era comportato in maniera tale da non ispirare la minima diffidenza. La sua non poteva essere una fuga, poiché anziché risalire la galleria la scendeva. Se avesse avuto cattive intenzioni, sarebbe andato nella direzione opposta. Questi pensieri mi calmarono un poco.

23

Per un'ora presi in esame tutti i motivi che avevano potuto indurre il cacciatore ad allontanarsi. Le idee più pazzesche nutrirono i miei pensieri e pensai di stare per diventare pazzo.

Alla fine, un rumore di passi mi riscosse. Veniva dal fondo del baratro: era Hans che tornava.

La luce instabile cominciava a muoversi sulle pareti, poi venne fuori dalla bocca della galleria e apparve il cacciatore. Si avvicinò allo zio, gli mise una mano sulla spalla e lo svegliò.

"Che c'è?" chiese lo zio.

"*Vatten*" rispose la guida.

Si deve ritenere che gli atroci dolori rendano poliglotta, perché, senza conoscere una parola di danese, capii immediatamente.

"Acqua!" esclamai battendo le mani e gesticolando.

"Acqua!" ripeté lo zio. "*Hvar?*"

"*Nedat*" rispose Hans.

Dove? In basso! Avevo compreso tutto. Avevo preso le mani del cacciatore e le stringevo, mentre lui restava tranquillo.

Ci preparammo per riprendere il viaggio, e poco dopo camminavamo lungo un corridoio la cui pendenza era di due piedi ogni tesa. Un'ora più tardi eravamo scesi di duemila piedi.

Udii allora distintamente uno strano rumore correre nei fianchi della muraglia di granito, come un sordo muggito o un tuono lontano.

"Hans non si è sbagliato" disse, "quel che senti è il rumore di un torrente."

"Un torrente?!"

"Non c'è dubbio: un fiume sotterraneo ci gira attorno."

Accelerammo il passo, spinti dalla speranza. Non sentivo più la fatica: già il rumore dell'acqua mi ristorava e stava crescendo. Il torrente, prima sopra di noi, ora correva dietro la parete sinistra. Sfioravo spesso la roccia, sperando di trovarci qualche traccia di umidità, ma era inutile.

Percorremmo un'altra mezza lega. In quel momento fu chiaro che il cacciatore, durante la sua assenza, non aveva raccolto molti elementi. Sospinto dall'istinto dei montanari e dei rabdomanti, aveva sentito il torrente attraverso la muraglia, tuttavia non aveva potuto vedere il liquido né dissetarsi.
Quasi subito ci convincemmo che, continuando per quella strada, ci saremmo allontanati dalla corrente, il cui rumore svaniva.
Tornammo indietro.
Hans si fermò nel punto esatto in cui il torrente sembrava più vicino. Mi sedetti vicino alla muraglia di granito mentre le acque correvano a due piedi da me. Tuttavia, ancora un muro di granito ci separava. Senza pensarci, mi lasciai andare a un gesto di disperazione. Hans mi guardò e mi parve di vedere un sorriso sulle sue labbra.
Si alzò e prese la lampada. Lo seguii con lo sguardo. Pose l'orecchio sulla roccia asciutta e si mise ad ascoltare un po' qui e un po' lì, attentamente. Stava cercando il punto esatto in cui il torrente si faceva sentire con più forza. Credette di averlo trovato nella parete sinistra, tre piedi sopra il livello del suolo.
Quanto ero emozionato! Non pensavo a quel che voleva fare il cacciatore, ma quando lo vidi prendere il piccone per scavare dovetti per forza applaudirlo e gli manifestai tutta la mia riconoscenza.
"Siamo salvi!" esclamai.
"Sì" andava dicendo freneticamente lo zio, "Hans ha ragione. Che bravo! Noi non avremmo mai pensato qualcosa del genere!"
Hans iniziò il lavoro che né io né lo zio avremmo potuto portare a termine: la nostra mano impaziente avrebbe dato colpi inutili. Invece la guida intaccò a poco a poco la roccia con una serie di piccoli colpi ripetuti, aprendo un varco di sei pollici.
Sentivo il mormorio del torrente più vicino e già mi sembrava che la fresca acqua mi bagnasse le labbra.
Presto il piccone andò dentro la muraglia per due piedi. Il lavoro proseguiva ormai da un'ora e non stavo più nella pelle per l'impazienza! Lo zio voleva fare l'eroe e a stento lo trattenni mentre stava per mettere mano al suo piccone, quando sentimmo un sibilo. Uno zampillo

d'acqua uscì fuori dalla muraglia e s'infranse contro la parete opposta. Hans, quasi abbattuto dalla forza dell'acqua, non riuscì a trattenere un grido, di cui compresi il motivo affondando le mani nel getto d'acqua: era bollente.

"Acqua a 100 gradi!" esclamai.

"Si raffredderà" rispose lo zio.

Il corridoio si stava riempiendo di vapore, mentre un ruscello si formava sotto i nostri piedi e si perdeva lungo il labirinto sotterraneo. Poco dopo bevemmo il nostro primo sorso.

Che gioia! Che piacere! Che cos'era quell'acqua? Da dove arrivava? Importava poco: era acqua e, sebbene ancora calda, ci ridava la vita. Non facevo che bere, senza nemmeno gustare. Ma dopo un minuto esclamai: "Ma è ferruginosa!"

"Eccellente per lo stomaco" rispose lo zio. "Ecco un viaggio che varrà quello a Spatz o a Teplitz, dove l'elevato costo della cura consente solo ai ricchi un soggiorno curativo."

"Che buona!"

"Lo credo! Ha un certo sapore d'inchiostro che però non è sgradevole. Hans ci ha procurato una bella provvista! Quindi propongo di battezzare con il suo nome questo ruscello."

"Ottimo!" esclamai.

E il nome di Hansbach fu subito adottato.

Hans non s'inorgoglì per questa piccola cerimonia e, dopo essersi rinfrescato con moderazione, si mise in un angolo in disparte.

"Ora" dissi, "non bisognerebbe lasciare sfuggire quest'acqua."

"Perché?" rispose lo zio. "Credo che la sorgente sarà perenne. Perché voler chiudere l'apertura?"

"Perché..."

Non riuscivo a trovare un valido motivo.

"Quando le nostre borracce saranno vuote, siamo certi di poterle riempire?"

"No."

"Dunque, facciamo scorrere l'acqua! Scenderà per conto suo: ci guiderà e ci rinfrescherà lungo il cammino!"

"Grande idea!" esclamai. "Con un ruscello per compagno non c'è motivo per non riuscire nel nostro progetto."
"Pian piano ci stai arrivando!" disse il professore con una fragorosa risata. "Ma adesso prendiamoci qualche ora di riposo."
Avevo dimenticato che era notte e fu il cronometro a farmelo ricordare. Quasi subito ognuno di noi, rinfrescato e ristorato, si addormentò di un sonno profondo.

24

Il giorno dopo avevamo già dimenticato le pene affrontate. Mangiammo e bevemmo poi quell'ottima acqua ferruginosa. Io mi sentivo forte e preparato anche a un lungo viaggio. E, se mi avessero proposto di risalire in cima allo Sneffels, avrei sdegnosamente respinto la proposta.

"Su, in viaggio!" esclamai risvegliando con il mio entusiasmo gli echi della terra.

Riprendemmo il cammino giovedì, alle 8 del mattino. La galleria di granito, attorcigliata in giri tortuosi, proponeva curve insospettabili come fosse un labirinto, ma la sua direzione principale era sempre sud-est. La galleria andava avanti quasi in orizzontale con al massimo due pollici di pendenza per ogni tesa. Il ruscello rumoreggiava sotto i nostri piedi e io lo paragonavo a un genio familiare che ci guidava nei meandri sotterranei.

Lo zio si arrabbiava per la scarsa inclinazione della strada. Il percorso si allungava all'infinito e, anziché seguire il raggio terrestre, se ne andava via per l'ipotenusa. Tuttavia non avevamo altra scelta e dovevamo accontentarci di quel poco che ci avvicinavamo al centro della Terra. Nel complesso, quel giorno e il giorno successivo la situazione restò invariata.

La sera di venerdì 10 luglio, secondo i calcoli fatti, dovevamo trovarci trenta leghe a sud-est di Reykjavík, a una profondità di due leghe e mezzo. A un tratto si spalancò davanti a noi un pozzo spaventoso e lo zio non poté non battere le mani, studiandone la forte pendenza.

"Ecco, questa è una strada che ci porterà molto lontano" esclamò, "e con gran facilità, perché le sporgenze della roccia formano una vera scalinata!"

Hans regolò le corde in maniera da evitare incidenti, e la discesa cominciò. Non voglio definirla pericolosa, poiché ero ormai abituato a quel tipo d'esercizio. Il pozzo era molto stretto, aperto nella roccia come una falda. Era stato creato da una contrazione della crosta terrestre nel periodo del suo raffreddamento. Se era stato un passaggio delle materie eruttate dallo Sneffels, esse non vi avevano lasciato traccia. Scendevamo lungo una scala a chiocciola che pareva opera della mano umana. Ogni quarto d'ora dovevamo fermarci per riposare: ci sedevamo su qualche prominenza con le gambe penzoloni, parlavamo mangiando e bevevamo l'acqua del rivolo. È chiaro che in quel punto l'Hansbach era divenuto cascata che andava assottigliandosi, ma era ancora più che sufficiente per placare la nostra sete.

L'11 e il 12 luglio seguimmo la falda, addentrandoci di altre due leghe nella crosta terrestre. Il giorno 13, verso mezzogiorno, la falda prese, in direzione sud-est, un'inclinazione molto più lieve, di circa 45 gradi. Il cammino diventò tranquillo e addirittura monotono. Mercoledì 15 ci trovavamo a sette leghe di profondità e a cinquanta leghe circa dallo Sneffels. Nonostante fossimo stanchi, eravamo in ottima salute, e la farmacia da viaggio era ancora intatta. Lo zio scriveva a ogni ora le indicazioni della bussola, del cronometro, del manometro e del termometro. In questo modo poteva sempre sapere dove ci trovassimo. Quando mi disse che eravamo a una distanza orizzontale di cinquanta leghe, non potei trattenere un'esclamazione.

"Che hai?" mi chiese.

"Se i tuoi calcoli sono giusti, non siamo più sotto l'Islanda."

"Credi?"

Con il compasso riportai le misure sulla carta. Non sbagliavo. Avevamo superato il capo Portland e le cinquanta leghe a sud-est ci posizionavano sotto il mare.

"Sotto l'alto mare!" disse lo zio fregandosi le mani.

"Dunque, esclamai, l'oceano si stende sopra le nostre teste!"

Mi abituai presto a quest'idea, perché la galleria, capricciosa nelle sue pendenze come nei suoi giri, ci portò rapidamente a grande profondità.

Quattro giorni più tardi, sabato 18 luglio, verso sera, arrivammo a una specie di ampia grotta. Lo zio consegnò ad Hans la sua paga settimanale e venne deciso che il giorno dopo avremmo riposato.

25

Il giorno successivo, domenica, mi svegliai senza preoccupazioni e, sebbene ci trovassimo nel profondo degli abissi, la cosa era comunque piacevole.
Non pensavo più al sole, alle stelle, alla luna, agli alberi, alle case, alle città, a tutte quelle sciocchezze che sulla terra si considerano delle necessità. Nella nostra condizione di fossili, disprezzavamo quelle inutili meraviglie.
La grotta era come un salone. Sul pavimento di granito scorreva il nostro ruscello, che, allontanatosi ormai dalla sorgente, si era raffreddato e si poteva bere senza difficoltà.
Dopo colazione, il professore dedicò qualche ora a riordinare i suoi appunti.
"Anzitutto" disse, "farò dei calcoli per rilevare esattamente la nostra posizione. Al mio ritorno voglio disegnare una carta del nostro viaggio, una specie di sezione verticale del globo. Vediamo prima di tutto dove ci troviamo. Axel, prendi la bussola e verifica la nostra posizione."
Guardai lo strumento e risposi: "Est, un quarto a sud-est".
"Siamo a sud-est, a ottantacinque leghe dalla base dello Sneffels e, secondo i miei precedenti calcoli, deduco che abbiamo raggiunto sedici leghe di profondità."
"È il massimo limite che la scienza assegna allo spessore della crosta terrestre" esclamai. "E qui, secondo la legge sull'aumento della temperatura, dovremmo essere a 1500 gradi."
"Dovremmo, ragazzo mio."
"Questo granito non potrebbe restare allo stato solido e dovrebbe essere in fusione."
"Puoi constatare che niente di tutto questo è vero e che i fatti, come succede, smentiscono le teorie. Che cosa indica il termometro?"
"Ventisette gradi e sei decimi."

"Dunque l'aumento proporzionale di temperatura è un errore."

"Zio" ripresi a dire, "ritengo giusti tutti i tuoi calcoli, ma consentimi una deduzione."

"Dimmi, ragazzo mio."

"Nel punto in cui siamo, sotto la latitudine dell'Islanda, il raggio terrestre non è di 1583 leghe circa?"

"1583,33 leghe."

"Consideriamo 1600 leghe, per arrotondare. Ora, su un viaggio di 1600 leghe, ne abbiamo fatte 12 per 85 leghe in diagonale in venti giorni?"

"Proprio così."

"Sedici leghe sono la centesima parte del raggio terrestre. Di questo passo, impiegheremo duemila giorni, vale a dire circa cinque anni e mezzo per scendere."

Il professore non rispose.

"Senza considerare che ne risulteranno ottomila leghe in direzione sud-est. Saremo usciti da un bel pezzo da un punto della circonferenza prima di raggiungerne il centro."

"Al diavolo i tuoi calcoli!" replicò lo zio irritato. "Chi ti dice che questo corridoio non arrivi direttamente al punto che vogliamo raggiungere? Comunque, quello che stiamo facendo un altro l'ha già fatto, e là dove un altro è riuscito, riuscirò anch'io."

"Lo spero, ma mi sarà concesso..."

"Ti è concesso di star zitto, Axel, se devi continuare a straparlare in questo modo."

Mi resi conto che il terribile professore minacciava di riapparire sotto la pelle dello zio e tacqui.

"Ora" aggiunse, "controlla il manometro: che cosa segna?"

"Una pressione enorme."

"Vedi che, scendendo lentamente e abituandoci in modo graduale alla densità dell'atmosfera, non ci accorgiamo della differenza."

"A parte qualche dolore all'orecchio."

"Cose da poco e facilmente rimediabili!"

"Molto bene" risposi, per non contrariare più lo zio.

"Ti sei accorto con quale intensità vi si propaga il suono?"
"Un sordo sentirebbe a meraviglia."

Le ore che seguirono le trascorremmo in calcoli e in conversazioni: io fui sempre del parere del professore Lidenbrock, invidiando la perfetta calma di Hans che, senza pensare agli effetti e alle cause, affrontava sereno il suo destino.

26

Lo devo ammettere, le cose fin qui stavano andando piuttosto bene, e se le difficoltà non aumentavano non potevamo che raggiungere la nostra meta. Ero arrivato a fare ragionamenti in stile Lidenbrock!
Per alcuni giorni pendii ripidi, alcuni anche spaventosamente ripidi, ci portarono nel profondo della massa interna. C'erano giorni in cui guadagnavamo fino a due leghe verso il centro della Terra, percorrendo discese pericolose, in cui l'abilità di Hans e il suo sangue freddo ci furono di grande aiuto. L'islandese si dedicava alla spedizione con disinvoltura e fu merito suo se riuscimmo a uscire da alcune spiacevoli situazioni.
Nel corso delle due settimane che seguirono la nostra ultima conversazione, non accadde alcun incidente degno d'esser riportato. Ricordo un solo avvenimento di estrema gravità. Il 7 agosto, le nostre discese ci avevano spinto a una profondità di trenta leghe. Dovevamo essere a duecento leghe dall'Islanda. La galleria seguiva un piano con scarsa pendenza. Io guidavo il gruppo portando uno degli apparecchi di Ruhmkorff, mentre lo zio portava l'altro, ed esaminavo gli strati di granito. All'improvviso, mi voltai e mi accorsi di essere solo.
"Ho camminato troppo in fretta" pensai, "oppure Hans e lo zio si sono fermati. Devo raggiungerli." Tornai indietro, camminai per un quarto d'ora: nessuno. Chiamai: nessuna risposta, se non la mia eco. Cominciavo a essere inquieto.
"Stiamo tranquilli" dissi ad alta voce. "Sono certo di ritrovare i miei amici!"
Risalii per una mezz'ora, ma un silenzio profondo era padrone dell'immensa galleria. Mi fermai, non potendo credere di essere rimasto solo. Mi potevo essere allontanato, ma non perduto.
"Vediamo" ripetevo. "Poiché c'è una sola strada, devo raggiungerli. Basterà risalire ancora; ammesso pure che, non vedendomi e dimenticando che li precedevo, anche loro non abbiano avuto l'idea di tor-

nare indietro. Tuttavia, affrettando il passo, li ritroverò di sicuro."
Mi venne lo stesso un dubbio: ero proprio davanti? Certamente, poiché Hans mi seguiva precedendo lo zio.
"Comunque" pensai, "ho un modo sicuro per non perdermi: il ruscello. Sarà sufficiente risalire il suo corso e ritroverò le tracce dei miei compagni."
Questo ragionamento mi confortò e decisi di riprendere il cammino. Prima di risalire pensai anche che una rinfrescatina mi avrebbe fatto bene.
Mi chinai per immergere la fronte nell'acqua dell'Hansbach e immaginate la mia meraviglia: toccai un granito arido e scabro! Il ruscello non scorreva più sotto i miei piedi!

27

È impossibile descrivere la mia disperazione: ero sepolto vivo, con la prospettiva di morire tra le torture della fame e della sete.
Ma come avevo potuto abbandonare il corso del ruscello? Dunque, quando mi ero allontanato con imprudenza, non avevo notato l'assenza del ruscello e a quel punto davanti a me si doveva essere aperta una biforcazione della galleria, mentre il ruscello se ne andava con i miei compagni verso profondità sconosciute!
La mia situazione poteva riassumersi in una sola parola: perduto! Perduto a una profondità immensa!
"Oh, zio!" esclamai, disperato, perché capivo quello che anche lui doveva soffrire cercandomi. Quando mi resi conto di essere così distante da ogni soccorso, incapace di fare qualcosa per la mia salvezza, pensai al soccorso divino. Ricorsi alla preghiera, e per quanto piccolo potesse essere il mio diritto a essere ascoltato da Dio, lo implorai con autentico calore. Quel ritorno alla Provvidenza mi restituì un po' di calma e potei concentrarmi sulla mia condizione.
Avevo una riserva di viveri sufficiente per tre giorni e la mia borraccia era piena, ma non potevo restare ancora solo. Dovevo salire o scendere?
Salire, evidentemente!
Sarei così arrivato al punto in cui avevo abbandonato la sorgente: una volta là, ritrovato il ruscello, avrei cercato di raggiungere la cima dello Sneffels.
Mi sollevai, e appoggiandomi al bastone ferrato, ripresi la salita. La pendenza era forte, ma avanzavo come chi non ha scelta. Non incontrai alcun ostacolo per almeno mezz'ora. Tentai di riconoscere la strada dalla forma della galleria, dalla sporgenza di certe rocce, ma non vidi segni particolari e dovetti ammettere che quella galleria non poteva riportarmi al bivio, poiché era senza uscita. Andai a urtare contro un muro e caddi sulla roccia.

La mia ultima speranza andava a infrangersi contro il granito.
Smarrito in quel labirinto, era impossibile salvarmi. Una morte terribile mi attendeva. E, cosa bizzarra, mi venne in mente che se il mio corpo fossilizzato fosse stato trovato un giorno a trenta leghe nell'interno della Terra, il rinvenimento avrebbe acceso dibattiti scientifici. Cercai di parlare ad alta voce, ma dalle mie labbra riarse uscivano solo suoni rauchi. Ansimavo.
Tra quelle angosce, un nuovo terrore si impadronì di me. La mia lampada si era rotta cadendo e stava per spegnersi! Una processione d'ombre iniziò a muoversi lungo le pareti sempre più scure. Non sbattevo più le palpebre, per non perdere un solo atomo di luce e a ogni istante mi sembrava che l'oscurità si impadronisse di me. Alla fine, l'ultima luce tremolò nella lampada: la aspirai con lo sguardo e rimasi avvolto nel buio assoluto.
Mi sfuggì un terribile grido. Tesi le braccia avanti e cominciai a fuggire a tentoni in quell'inestricabile labirinto, scendendo, correndo attraverso la crosta terrestre, chiamando, gridando, urlando, cadendo e rialzandomi insanguinato, cercando di bere il sangue che mi scorreva sul volto e aspettando sempre che qualche sbarramento imprevisto offrisse alla mia testa un ostacolo perché vi si spezzasse contro!
Dopo molte ore, sfinito, caddi come una massa inerme lungo la parete e persi i sensi.

28

Quando mi ripresi, il mio viso era bagnato di lacrime. Non posso dire con certezza da quanto tempo durasse quello stato di insensibilità, poiché non mi rendevo conto del tempo. La caduta mi aveva fatto perdere molto sangue: ne grondavo. Quasi mi dispiaceva di non essere morto. Non volevo più pensare e allontanavo ogni idea fino a che, sconfitto dal dolore, mi accasciai contro la parete opposta.
Stavo di nuovo per perdere i sensi, questa volta in maniera definitiva, quando un frastuono mi giunse all'orecchio. Sembrava come un rombo di un tuono e sentii le onde sonore perdersi nelle profondità dell'abisso. Da dove veniva quel rumore? Sicuramente era un qualche fenomeno nella massa terrestre.
Trascorse un quarto d'ora e il silenzio tornò padrone della galleria. Poi il mio orecchio appoggiato alla muraglia credette di udire alcune parole lontane. "È un'allucinazione" pensai.
Non lo era: ascoltando con attenzione sentii un mormorio, anche se la stanchezza non mi consentiva di intenderne il significato. Eppure qualcuno parlava: ne ero sicuro.
Avanzando di alcuni piedi lungo la muraglia, riuscii a sentire alcune parole strane, che mi arrivavano come se fossero sussurrate. La parola *förlorad* era ripetuta più volte e con dolore.
Che cosa significava? Chi la stava pronunciando? Di certo lo zio o Hans ma, se potevo sentirli io, anche loro potevano udirmi.
"Aiuto!" urlai con tutto il fiato che avevo in corpo. "Aiuto!"
Trascorsero alcuni minuti e un mare d'idee si spalancò nella mia mente, pensai che la mia voce ormai affievolita dalla stanchezza non giungesse ai miei amici.
Mi rimisi ad ascoltare, e appoggiando qua e là l'orecchio alle pareti trovai il punto in cui le voci raggiungevano la massima intensità.
Sentii di nuovo la parola *förlorad* e poi quel rumore sordo di tuono che mi aveva risvegliato.

"No" dissi, "non è attraverso la roccia che le voci si propagano. La parete è di granito e nemmeno una detonazione la supererebbe. Questo rumore proviene dalla galleria! Ci deve essere un singolare fenomeno acustico!"
Ascoltai un'altra volta e ora, sì, sentii distintamente il mio nome! Era lo zio a pronunciarlo. Parlava con la guida e la parola *förlorad* era danese!
In quel momento intuii tutto. Perché mi sentissero, dovevo parlare lungo la muraglia, che doveva servire come conduttore della mia voce, come un filo che porta l'elettricità. Non potevo perdere un solo attimo. Se i miei amici si fossero allontanati anche di poco, il fenomeno acustico sarebbe svanito. Mi avvicinai alla parete e pronunciai chiaramente: "Zio Lidenbrock!"
Trascorsero alcuni attimi che mi sembrarono secoli e, infine, mi giunsero all'orecchio le parole: "Axel, sei tu?"
"Sì!"
"Dove sei?"
"Perduto, nell'oscurità."
"E la lampada?"
"Spenta."
"Il ruscello?"
"Sparito."
"Axel, fatti forza."
"Sono stanco, non ho la forza di rispondere, ma parlami."
"Non parlare" riprese lo zio, "ascoltami. Ti abbiamo cercato risalendo e discendendo la galleria. Convinto che fossi sempre lungo il corso dell'Hansbach, siamo ridiscesi sparando colpi di fucile. Non possiamo toccarci, ma non disperare: è già qualcosa potersi sentire!"
Intanto, avevo riflettuto: una speranza, per quanto vaga, mi scaldava il cuore. C'era una cosa che desideravo sapere e avvicinai le labbra alla muraglia e dissi: "Zio".
"Ragazzo mio" mi venne risposto dopo alcuni istanti. "Dobbiamo anzitutto sapere qual è la distanza che ci divide. Hai il cronometro?"
"Sì."

"Prendilo. Pronuncia il mio nome segnando esattamente il secondo in cui parlerai e io lo ripeterò appena mi arriverà, e tu segnerai il momento esatto in cui udrai la mia risposta."
"Bene, e la metà del tempo trascorso tra la mia domanda e la tua risposta indicherà quello che la mia voce impiega per arrivare a te."
"Esatto."
"Sei pronto? Fa' attenzione: sto per pronunciare il tuo nome."
Appoggiai l'orecchio alla parete, e appena sentii la parola "Axel", la ripetei e quindi attesi.
"Quaranta secondi" disse lo zio. "Il suono impiega venti secondi da te a me. Ora, a milleventi piedi al secondo fanno ventimilaquattrocento piedi, ovvero una lega e mezzo, più un ottavo."
"Una lega e mezzo!" sussurrai.
"Si avanza, Axel!"
"Devo salire oppure scendere?"
"Scendere. Siamo arrivati a una grande caverna, in cui sboccano moltissime gallerie: quella che hai seguito certamente ti porterà a noi, poiché sembra che tutti questi crepacci siano come raggi che partano dal punto in cui ci troviamo. Alzati e riprendi il cammino. Trascinati se è necessario e troverai le nostre braccia pronte a riceverti. In marcia, ragazzo mio!"
Queste parole mi diedero la vita.
"Parto!" esclamai.
"Arrivederci, Axel."
Queste furono le ultime parole che udii.
Ringraziai Dio perché mi aveva condotto, in quelle tetre immensità, al solo punto in cui la voce dei miei amici potesse giungermi.
Mi alzai e più che camminare mi trascinai e, dove il pendio era ripido, mi lasciai scivolare. Quasi subito la velocità della discesa aumentò in maniera terribile. Non avevo più la forza di arrestarmi.
All'improvviso il terreno mi mancò sotto i piedi e caddi rimbalzando sulle sporgenze di un pozzo. Battei il capo su di una roccia aguzza e persi di nuovo i sensi.

29

Quando rinvenni, ero nella penombra, steso su un letto di coperte. Lo zio vegliava sul mio volto. Al mio primo sospiro, mi prese la mano e al mio primo sguardo gridò di gioia.
"È vivo!" esclamò.
"Sì" risposi fievole.
Mi commossi sinceramente per il tono con cui furono pronunciate queste parole e ancor più per l'abbraccio che le accompagnò. Occorrevano prove di questo tipo per suscitare nel professore tanto affetto!
In quel momento arrivò Hans. Egli vide la mia mano in quella dello zio e incredibilmente i suoi occhi espressero felicità.
"*God dag*" disse.
"Buongiorno, Hans" sussurrai. "E ora, zio, dimmi dove ci troviamo."
"Domani, Axel: oggi sei ancora troppo debole. Ti ho fasciato la testa con bende che devono restare ferme. Dormi e domani ti dirò tutto."
"Che ora è e che giorno?"
"Le 11 di sera, e oggi è domenica 9 agosto."
Ero così debole che i miei occhi si chiusero involontariamente. Mi addormentai pensando che il mio isolamento era durato per giorni.
Il giorno dopo, appena sveglio, mi guardai attorno. Il mio giaciglio fatto con tutte le coperte da viaggio era in una grotta deliziosa, ornata di stalagmiti e con il suolo di sabbia. Vi era una specie di penombra. Da fuori venivano, passando per una stretta apertura, chiarori inesplicabili. Sentivo un mormorio indefinito, simile al gemito delle onde su una spiaggia arenosa, e a volte il sibilo del vento. Mi domandai se stavo ancora sognando o se il mio cervello mi facesse cogliere rumori immaginari. Eravamo tornati in superficie. Lo zio ha rinunciato alla sua spedizione oppure l'ha già conclusa? Stavo rivolgendomi queste domande, quando lo zio rientrò.
"Buongiorno, Axel" disse allegro, "direi che ti senti bene!"
"Sì!" dissi alzandomi.

"Hai dormito tranquillamente. Hans e io ti abbiamo vegliato dandoci il cambio."
"Mi sono rinforzato e, come prova di questo, farò onore alla tua colazione."
"Mangerai, ragazzo. Ora non hai più la febbre e Hans ha medicato le tue ferite con un unguento di cui gli islandesi custodiscono il segreto e che le ha cicatrizzate. È meraviglioso, il nostro cacciatore!"
Mentre parlava, lo zio mi preparava cibi che mandai giù velocemente nonostante le raccomandazioni. Allo stesso momento lo tempestai di domande cui egli s'affrettò a rispondere. Venni a sapere che la mia caduta mi aveva portato all'estremità di una galleria quasi perpendicolare; e, siccome ero arrivato vicino a un torrente di pietre, si poteva ritenere che una parte della roccia fosse scivolata con me. In quel modo ero arrivato, ferito e svenuto, tra le braccia dello zio.
"È davvero incredibile che tu non sia morto" disse, "ma non separiamoci un'altra volta, perché rischieremmo di non rivederci mai più."
Non dividerci più! Allora il viaggio non era terminato?
Sbarrai gli occhi esterrefatto e lo zio mi chiese: "Che c'è, Axel?"
"Credi veramente che sia sano e salvo?"
"Senza dubbio!"
"Non ho niente di rotto!"
"Esatto."
"E la testa?"
"A parte alcuni lividi, è in ottimo stato."
"Allora, forse il cervello è fuori posto."
"In che senso?"
"Siamo ritornati alla superficie della Terra?"
"No, assolutamente."
"Perché, dunque, vedo la luce del giorno, sento il rumore del vento e quello dei flutti?"
"È questo che ti turba?"
"Mi puoi spiegare?"
"Non posso spiegarti nulla, perché tutto ciò è inesplicabile, ma vedrai tu stesso e capirai che la geologia non ha smesso di sorprenderci."

"Usciamo!" esclamai alzandomi velocemente.
"No: l'aria potrebbe esserti dannosa."
"L'aria aperta?"
"Sì, e il vento è sostenuto. Preferisco che tu non ti esponga."
"Sto benissimo!"
"Pazienta ancora un po'. Una ricaduta sarebbe pericolosa e non possiamo permetterci il lusso di ritardare ancora, perché la traversata può essere lunga."
"La traversata?!"
"Sì. Domani ci imbarcheremo."
Quest'ultima parola mi fece sobbalzare. Imbarcarci! Avevamo dunque un fiume, un lago oppure un mare a disposizione? C'era una nave ancorata? La mia eccitazione raggiunse il massimo: lo zio cercò inutilmente di fermarmi ma, quando vide che l'impazienza poteva farmi del male, cedette.
Avvolto per precauzione in una coperta uscii dalla grotta.

30

Da principio non vidi nulla. I miei occhi, disabituati alla luce, si chiusero. Quando li riaprii restai stupefatto.
"Il mare!"
"Sì" rispose lo zio, "il mare Lidenbrock. Credo che nessuno vorrà togliermi l'onore di averlo scoperto."
Una distesa d'acqua si perdeva oltre l'orizzonte. La riva formava un'ampia insenatura di sabbia fine, dorata, cosparsa di piccole conchiglie. Una soffice schiuma volava portata da una brezza e alcuni vapori mi sfioravano il viso. Sulla spiaggia, leggermente in pendenza, a cento tese circa dal limite delle onde, salivano contrafforti di rocce che si allargavano a incommensurabili altezze. Alcuni, fendendo la spiaggia con le loro punte acute, creavano promontori corrosi dalla risacca. Era un vero oceano contornato da capricciose rive terrestri, ma deserto e terribilmente selvaggio.
Se il mio sguardo poteva spaziare sulla distesa azzurra è perché una luce singolare esaltava ogni particolare. Non come la luce del sole né come la luce pallida e fredda della luna. La forza di quella luce, il suo tremulo espandersi, il suo limpido e secco candore, la sua bassa temperatura manifestavano un'evidente origine elettrica.
La volta sospesa sopra la mia testa, il cielo, se così posso definirlo, pareva composta da grandi nuvole mobili e mutevoli che provocavano piogge torrenziali. Eppure, il cielo era sereno; l'elettricità creava singolari giochi di luce sulle nubi più alte. Nitide ombre si disegnavano sulle loro volute inferiori. Spesso, tra due strati staccati, un raggio arrivava forte fino a noi. Era uno spettacolo triste, spaventosamente squallido. Sentivo sopra quelle nuvole una volta di granito che mi schiacciava con tutto il suo peso e lo spazio, per quanto immenso, non sarebbe bastato alla passeggiata del più piccolo dei satelliti.
Mi venne in mente, allora, quella teoria di un capitano inglese, il quale diceva che la Terra era una vasta sfera vuota, nell'interno della quale

l'aria si manteneva luminosa per la sua pressione, mentre due astri, Plutone e Proserpina, vi tracciavano orbite misteriose. Forse aveva intuito la verità?

L'occhio non poteva vedere dove la volta si appoggiasse sui contrafforti di granito, ma l'agglomerato di nuvole sospese nell'atmosfera era tale che l'elevazione doveva essere di almeno duemila tese.

La parola caverna non rende a pieno quell'immenso spazio, ma le parole del linguaggio umano non bastano per chi s'avventura nei meandri della Terra. Comunque io non sapevo, in termini geologici, spiegare l'esistenza di quella cavità. Poteva essere stata creata dal raffreddamento della Terra?

Ammiravo in religioso silenzio quelle meraviglie e non riuscivo a trovare vocaboli adatti per esprimere le mie percezioni. Mi pareva di assistere, su qualche lontano pianeta, a fenomeni che la mia natura di essere terrestre non comprendeva.

Guardavo, pensavo, ammiravo con una meraviglia mista a spavento.

Stavo facendo la cura della meraviglia e guarendo proprio per merito di questa terapia.

È facile capire come, dopo aver trascorso quarantasette giorni in una galleria strettissima, mi sollevasse aspirare quella brezza carica di esalazioni saline. Lo zio, abituato ormai a quelle magnificenze, non si meravigliava più.

"Te la senti di camminare un po'?" mi chiese.

"Sì" risposi.

"Allora dammi il braccio e seguiamo le anse della spiaggia."

Accettai di buon grado e iniziammo a costeggiare quell'oceano. A sinistra vedevamo rocce scoscese che, messe una sopra l'altra, formavano una massa titanica. Sui loro fianchi scorrevano molte cascate che si allontanavano in rivoli tersi. Leggeri vapori rimbalzavano da una roccia all'altra dove c'erano sorgenti calde. Alcuni ruscelli scorrevano dolcemente verso il bacino, scrosciando sui pendii.

Osservando quei ruscelli mi accorsi che vi era anche il nostro compagno di viaggio, l'Hansbach: sboccava nel mare come se per lui fosse una cosa ormai abituale.

“Ci mancherà” sospirai.
“Che importa?” ringhiò il professore. “Ce ne saranno altri.”
Quella risposta mi sembrò ingrata. Comunque, in quel momento la mia attenzione fu attratta da uno spettacolo imprevisto. A cinquecento passi, dietro un alto promontorio, vedemmo una foresta ricca di alberi con ombrelli regolari, dai contorni geometrici. Sembrava che le correnti atmosferiche non influenzassero le loro foglie, poiché in mezzo ai venti restavano immobili, come fossero pietrificate.
Allungai il passo. Non riuscivo a dare un nome a quelle strane essenze; facevano forse parte delle duecentomila specie vegetali note fino a quel momento, o si dovevano catalogare a parte nella flora delle vegetazioni lacustri? No. Quando giungemmo sotto la loro ombra, avevo davanti agli occhi dei prodotti della terra di taglia gigantesca. Lo zio li classificò immediatamente col loro nome.
“È una foresta di funghi” disse, e non sbagliava.
Volli addentrarmi tra essi. Un freddo terribile scendeva dalle volte carnose. Camminammo lungo quel buio umido e freddo per oltre mezz’ora e accettai con un sospiro di sollievo il ritorno alla spiaggia del mare.
Tuttavia la vegetazione di quella landa sotterranea non si limitava a quei funghi. Più oltre, erano visibili altri alberi dalle foglie scolorite. Era facile riconoscerli: erano gli umili arbusti della terra, ma di dimensioni gigantesche.
“Meraviglioso, splendido!” esclamò lo zio. “Questa è la flora della seconda era geologica del periodo Giurassico. Ecco, le umili piante dei nostri giardini erano alberi nei primi secoli della creazione della Terra! Guarda, Axel, ammira! Nessun botanico ha mai visto una cosa del genere!”
“Hai ragione. Sembra che la Provvidenza abbia voluto preservare dal lavorìo del tempo queste piante e conservarle come in un’immensa serra.”
“Dici bene, ragazzo mio: è una serra. Ma dovresti aggiungere che forse è anche un serraglio. Guarda la polvere che stiamo calpestando e osserva queste ossa sparse al suolo.”

"Ossa!" esclamai.
"Sì, ossa di animali antidiluviani."
Mi ero precipitato su quelle reliquie millenarie, fatte di quella sostanza indistruttibile che è il fosfato di calcio, e davo senza esitazione alcuna un nome a quelle ossa grandissime.
"Ecco, questa è la mascella inferiore del mastodonte" dicevo, "ecco i molari del *dinotherium*, quel genere ormai estinto di mammiferi proboscidati con due lunghe zanne rivolte in basso sulla mascella inferiore che visse nel periodo Pliocenico. Ecco un femore del più grande di questi animali, del *megatherium*, il gigantesco animale della famiglia dei tardigradi, ormai estinto. È veramente un serraglio: gli animali cui appartengono vissero sulle rive di questo mare sotterraneo, all'ombra di queste piante arboree."
"Tuttavia?" chiese lo zio.
"Non riesco a capire la presenza di questi quadrupedi nella caverna di granito."
"Perché?"
"Perché la vita animale esistette sulla Terra nel periodo Secondario, quando il terreno sedimentario venne formato dalle alluvioni e sostituì la roccia incandescente."
"Ebbene, Axel, c'è una risposta alla tua obiezione: questo terreno è sedimentario."
"Come! A tanta profondità?"
"La cosa si può spiegare solo sotto l'aspetto geologico. In un certo periodo la Terra era formata soltanto da una crosta elastica che subiva movimenti di innalzamento e di abbassamento, secondo le leggi dell'attrazione. Evidentemente, è avvenuto un cedimento del suolo ed è probabile che una parte di terreno sedimentario sia stato portato in fondo agli abissi improvvisamente aperti."
"Deve essere successo proprio quello che dici tu. Ma se animali primitivi sono riusciti a sopravvivere in queste regioni sotterranee, chi può dire che non vi sia ancora qualcuno di quei mostri?"
Pensando a quanto avevo detto, con molta paura, guardai verso l'orizzonte, ma non vidi sulle rocce deserte alcuna creatura.

Ero un po' stanco, e andai a sedermi all'estremità di un promontorio ai piedi del quale le onde si infrangevano con un sordo mormorio. Da quel punto i miei occhi riuscivano ad abbracciare tutta la baia. In fondo, tra le rocce quasi a forma di piramide, era scavato una specie di porto al riparo delle correnti ventose: un brigantino e due o tre golette avrebbero potuto ancorarsi comodamente.

Dovetti tornare ben presto alla fredda realtà. Eravamo i soli esseri viventi di quel mondo sotterraneo.

Quando il vento si placava, calava un silenzio più profondo dei silenzi del deserto. Allora spingevo lo sguardo tra le brume, tentando di stracciare il velo gettato sul fondo dell'orizzonte. Dove terminava quel mare? Dove conduceva? Avremmo mai potuto conoscere le rive opposte? Lo zio ne era certo. Io lo desideravo, ma allo stesso tempo ne avevo paura.

Dopo oltre un'ora trascorsa in contemplazione, ci rimettemmo in cammino per arrivare alla grotta, dove mi addormentai profondamente e venni visitato nel sonno da bizzarri fantasmi di mostri preistorici.

31

Il giorno dopo mi svegliai completamente guarito. Pensando che un bagno mi avrebbe corroborato, mi tuffai per qualche minuto nelle acque. Andai a far colazione con lo stomaco che reclamava cibo. Hans stava preparando il nostro pranzo: ora che aveva acqua e fuoco poté variare il nostro solito pranzo. Al dessert ci portò alcune tazze di caffè, e mai in vita mia ho bevuto una bevanda più piacevole.
"Ecco" disse lo zio, "è l'ora della marea. Dobbiamo cogliere l'occasione per approfondire il fenomeno."
"La marea?!" esclamai. "L'influenza della luna e del sole giunge fin qui, dunque?"
"Perché no? Forse i corpi non sono tutti soggetti all'attrazione universale? Questa massa d'acqua subisce la stessa sorte e, nonostante la pressione atmosferica sulla sua superficie, la vedrai sollevarsi quanto l'Atlantico."
In quel momento ci trovavamo sulla riva e le onde coprivano a poco a poco la spiaggia.
"Ecco il flusso che incomincia!" esclamai.
"Sì, dagli intervalli di schiuma puoi vedere che il mare si alza di circa dieci piedi."
"È stupendo."
"No, è naturale."
"Sarà naturale, zio, ma quel che vedo mi pare così singolare che è un miracolo se credo ai miei occhi."
"C'è forse una ragione fisica che vi si opponga?"
"Io non ne vedo nessuna, visto che bisogna abbandonare la teoria del calore centrale. E, quand'è così, niente nega l'esistenza di mari e di regioni dentro il globo."
"Sì, ma disabitate."
"E perché queste acque non potrebbero offrire rifugio a qualche pesce di una specie sconosciuta?"

"Comunque finora non ne abbiamo visto neanche uno. In ogni caso possiamo costruire qualche lenza e vedere se prenderemo qualcosa."
"Tenteremo. Bisogna approfondire tutti i segreti di queste nuove terre."
"Ma dove ci troviamo?"
"Siamo a trecentocinquanta leghe dall'Islanda. Sono convinto di non sbagliare neanche di cinquecento tese."
"La bussola segna sempre il sud-est?"
"Sì, con una declinazione occidentale di diciannove gradi e quarantadue primi, proprio come sulla Terra. Quanto alla sua inclinazione si verifica un fatto veramente singolare."
"Qual è?"
"Che l'ago, anziché inclinarsi verso il polo, come fa nell'emisfero boreale, si alza."
"Dunque il punto di attrazione magnetica è tra la superficie del globo e il luogo in cui ci troviamo?"
"Esatto. Ed è probabile che se arriviamo verso la regione polare, al settantesimo grado, là dove James Ross ha scoperto il polo magnetico boreale, vedremo l'ago alzarsi in verticale."
"Così il misterioso centro d'attrazione non si trova in gran profondità."
"Ecco un fatto che la scienza non aveva previsto."
"La scienza, ragazzo mio, è fatta di errori che è bene commettere, perché un po' alla volta portano alla verità."
"A quale profondità ci troviamo?"
"Allora" dissi guardando la carta, "sopra di noi c'è la parte montuosa della Scozia, e là, i monti Grampiani."
"Sì" rispose il professore ridendo, "è un po' pesante da sopportare, ma la volta è ben resistente. Il grande architetto dell'universo l'ha creata usando dell'ottimo materiale."
"Ora, zio, che progetti hai? Torniamo in superficie?"
"Tornare? Nemmeno per sogno! Visto che finora il viaggio è andato bene, dobbiamo continuare."
"Non riesco a pensare come potremo addentrarci in questa distesa d'acqua!"

"Non voglio mica tuffarmi. Sono pure convinto che sulla sponda opposta ci sarà qualche altra via!"
"Quanto credi che sia lungo questo mare?"
"Trenta o quaranta leghe. In ogni caso" continuò, "non abbiamo tempo da perdere e domani affronteremo il mare."
Istintivamente cercai con gli occhi la nave.
"Ci imbarcheremo" dissi, "ma su quale imbarcazione?"
"Non sopra una nave, mio caro, ma su una zattera."
"Una zattera!" gridai. "Non vedo..."
"Tu non vedi, Axel, ma se ascoltassi potresti udire!"
"Udire?"
"Sì, i colpi di martello che ti spiegherebbero molte cose: Hans è già al lavoro per costruire la zattera."
"Ha già abbattuto gli alberi?"
"No, gli alberi si trovavano già a terra. Vieni e vedrai."
Dopo un quarto d'ora di marcia, dall'altro lato del promontorio che chiudeva il porto, vidi Hans all'opera. Mi avvicinai e rimasi stupefatto nel vedere sulla sabbia una zattera già pronta per metà: era fatta di travi e un gran numero di madieri, travi curve e costole e ogni altro tipo di elementi che compone l'ossatura di una nave. Vi era materiale per una flotta completa.
"Zio" esclamai, "che tipo di legno è?"
"Pino, abete, betulla, tutte le specie delle conifere del Nord fossilizzate dall'acqua del mare. È ciò che si chiama *surtarbrandur* o legno fossile."
"Dunque, come le ligniti, deve essere duro come pietra e non potrà galleggiare."
"Vi sono alcuni tipi di legno che diventano vere antraciti; ma altri, come questi, hanno subìto solo un principio di trasformazione fossile. Guarda..." aggiunse lo zio gettando uno di quei resti.
Il pezzo di legno affondò e poi tornò in superficie e galleggiò sulle onde.
"Sei convinto?" domandò lo zio.
"Sono convinto soprattutto del fatto che la cosa è incredibile."

Il giorno successivo, di sera, la zattera era pronta. Aveva dieci piedi di lunghezza e cinque di larghezza. Le travi di *surtarbrandur*, legate con forti corde, offrivano una superficie solida. Una volta in mare, l'imbarcazione galleggiò sulle onde del mare Lidenbrock.

32

Il 13 agosto ci svegliammo all'alba. Dovevamo inaugurare un nuovo mezzo di trasporto. Un albero fatto con due bastoni, un'antenna formata da un altro bastone e le nostre coperte adoperate come vela formavano l'attrezzatura della zattera. Non mancavano le corde e il tutto era solido.

Alle sei il professore ordinò di salpare. I viveri e i bagagli, gli strumenti, le armi, e un'imponente quantità d'acqua dolce. Hans aveva approntato un timone che gli consentiva di controllare la zattera. Si mise alla barra. Tolsi l'ormeggio che ci legava ancora alla spiaggia, spiegammo la vela al vento e ci allontanammo. Nell'attimo di abbandonare il piccolo porto, lo zio, che teneva in gran considerazione la sua nomenclatura geografica, volle dargli un nome, e fra gli altri propose il mio.

"Davvero?" dissi. "Ne ho un altro da proporti."

"Quale?"

"Porto Grauben: starà bene sulla carta."

"Va bene. Lo chiameremo così."

Il vento soffiava da nord-est. Navigavamo con il vento in poppa, molto velocemente. Dopo un'ora lo zio era riuscito a calcolare la nostra velocità.

"Se continuiamo ad avanzare così" disse, "faremo almeno trenta leghe ogni ventiquattr'ore e fra poco intravedremo la riva opposta."

Non risposi e mi misi a prua della zattera. La costa settentrionale si abbassava all'orizzonte e i due bracci dell'insenatura si allungavano come per facilitarci la partenza. Un mare immenso si apriva davanti ai miei occhi. Grandi nuvole si muovevano velocemente, riflettendo la loro ombra sulla superficie grigiastra dell'acqua.

Presto non vedemmo più la riva e ogni punto di rilevamento sparì alla vista. Se non ci fosse stata la scia della zattera, avrei pensato che fossimo immobili.

A mezzogiorno, sulla superficie del mare apparvero grandi alghe. La zattera sfiorò fuchi lunghi tre o quattromila piedi, immensi serpenti che svolgevano le loro spire a perdita d'occhio. Quale forza della natura poteva creare simili piante e quale doveva essere l'aspetto della Terra nei primi millenni dopo la sua formazione!
Venne la sera e, come avevo osservato il giorno prima, la luminosità dell'aria non diminuì: era un fenomeno costante. Dopo aver mangiato, mi sdraiai ai piedi dell'albero e non impiegai molto tempo a prendere sonno. Hans, fermo al timone, lasciava scorrere la zattera che, portata dal vento in poppa, non aveva praticamente necessità di essere guidata.
Fin dalla partenza dal porto di Grauben, il professore mi aveva incaricato di tenere aggiornato il giornale di bordo, di prendere appunti anche sugli episodi più insignificanti, la direzione del vento, la velocità, la rotta.
Mi limiterò qui a riprodurre le note quotidiane scritte sotto la dettatura degli avvenimenti, per offrire un resoconto preciso della traversata.

Venerdì, 14 agosto. Vento costante da nord-ovest: la zattera procede rapida in linea retta, la costa rimane a trenta leghe sottovento. Nulla all'orizzonte. L'intensità della luce non varia. Bel tempo: le nuvole sono altissime, poco dense e immerse in un'atmosfera biancastra che pare argento fuso. Termometro: 32 gradi.
A mezzogiorno Hans attacca un'esca a un amo e lo getta in mare. Per due ore non abbocca niente.
"Un pesce!" esclama lo zio.
"Un piccolo storione!" esclamo a mia volta.
Il professore non sembra essere del mio stesso parere. Infatti, quel pesce ha la testa schiacciata, arrotondata e la parte anteriore del corpo coperta di scaglie e d'ossi, la bocca non ha denti, le pinne pettorali sono sviluppate e non c'è coda. Senza dubbio appartiene all'ordine in cui i naturalisti inseriscono lo storione, ma è diverso per numerosi aspetti.
Lo zio, dopo un breve ma accurato esame, dice: "Questo pesce ap-

partiene a una famiglia ormai estinta da secoli e di cui si possono ritrovare soltanto i resti fossili nei terreni devoniani".

"Abbiamo catturato un animale dei mari primitivi?"

"Sì, e puoi vedere che questi pesci fossili non somigliano ai pesci attuali."

"A che famiglia appartiene?"

"All'ordine dei ganoidi, famiglia dei cefalaspidi, genere... Genere dei pterichtidi! Ma ha una caratteristica che s'incontra nei pesci delle acque sotterranee."

"Ossia?"

"Non solo è cieco, ma l'organo della vista è completamente assente."

La lenza, di nuovo gettata in mare, è stata fornita di una nuova esca. Senz'altro questo mare è pieno di pesci, perché in due ore riusciamo a catturare un gran numero di pterichtidi oltre ad altri pesci appartenenti a una famiglia anch'essa ormai estinta, i dipteridi. Tutti sono ciechi. La pesca rimpingua, per la nostra gioia, le provviste di cibo.

La cosa è ormai sicura: questo mare è ricco di specie fossili, nelle quali i pesci, come i rettili, sono tanto più perfetti, quanto più antica è la loro creazione.

Afferro il cannocchiale e osservo il mare: è deserto, ma senz'altro è così perché siamo ancora molto vicini alle coste. Guardo per aria. Esploro lo spazio, ma l'aria è deserta come le rive. Osservando, mi perdo nella mia immaginazione di paleontologo.

"Attento, Axel" mi riscuote la voce dello zio, "o finirai col cadere in mare!"

Ecco, in questo preciso istante, mi sento prendere con forza la mano da Hans: se non fosse stato per lui, assorto com'ero, sarei caduto tra i flutti.

33

Sabato, 15 agosto. Il mare mantiene la sua monotona uniformità e ancora non si vede alcuna terra. L'orizzonte sembra terribilmente distante. Lo zio è di cattivo umore e scruta tutti i punti dello spazio con il cannocchiale.

Mi accorgo che il professor Lidenbrock tende a tornare impaziente come un tempo. C'è stato bisogno delle mie disgrazie e delle mie sofferenze per tirargli fuori un briciolo di umanità ma, dopo la mia guarigione, la sua aridità ha ripreso il sopravvento.

Mi viene in mente che il professore, prima che ci mettessimo in viaggio, aveva calcolato la lunghezza di quest'oceano in trenta leghe. Abbiamo percorso una rotta tre volte più lunga, e le spiagge del Sud ancora non si vedono.

"Non ci fermiamo!" dice il professore. "È tutto tempo perduto e non sono venuto fin qui per fare una gita in barca!"

"Comunque" rispondo, "visto che stiamo seguendo la via indicata da Saknussemm..."

"Questo è il punto: stiamo seguendo veramente la sua strada? Il ruscello che ci ha fatto da guida, non ci avrà portato fuori strada?"

"Non possiamo lamentarci d'essere giunti fin qui, lo spettacolo è stupendo e..."

"Non si tratta di vedere lo spettacolo! Non mi parlare d'ammirare il panorama!"

Alle sei del pomeriggio Hans chiede la propria paga, e i tre *riksdalers* gli vengono dati.

Domenica, 16 agosto. Niente di nuovo. Tempo uguale. Il vento tende a un leggero aumento. Al mio risveglio, la mia prima attenzione è di controllare l'intensità della luce, temo sempre che il fenomeno elettrico si oscuri e si spenga. Comunque non è così. L'ombra della zattera si disegna nitida sull'acqua.

Questo mare è veramente senza limiti! Lo zio getta lo scandaglio più volte, attacca uno dei picconi più pesanti all'estremità di una corda che lascia scorrere per duecento braccia ma non tocca il fondo, e dobbiamo faticare per recuperare lo scandaglio.

Quando il piccone è risalito, Hans mi fa notare sulla sua superficie alcune impronte profonde; si direbbe che il pezzo di ferro sia stato stretto vigorosamente tra due corpi duri. Guardo in faccia il cacciatore.

"*Tander!*" dice.

Io non capisco e mi volto verso lo zio, che è assorto. Non voglio disturbarlo e torno verso l'islandese, che aprendo e chiudendo più volte la bocca, mi fa comprendere.

"Denti" esclamo allora, esaminando con più attenzione la sbarra di ferro. "Sì, sono proprio denti, la cui impronta s'è incisa sul metallo. Le mascelle cui appartengono devono avere una forza incredibile. Che appartengano a un mostro che si muove sotto il profondo strato delle acque, più vorace del pescecane, più spaventoso della balena?"

Lunedì, 17 agosto. Cerco di ricordare gli istinti caratteristici degli animali primitivi dell'era secondaria, che, succedendo a molluschi, crostacei e pesci, precedettero l'apparizione dei mammiferi. Il mondo era dei rettili, che regnavano da padroni nei mari giurassici. I più grandi e spaventosi sauri di oggi, alligatori o coccodrilli, sono solo modelli ridotti e indeboliti dei loro prodigiosi progenitori!

Guardo con spavento il mare. Temo che da un momento all'altro esca dall'acqua uno di questi misteriosi abitanti delle caverne sottomarine. Penso che il professor Lidenbrock abbia le stesse mie idee, se non addirittura i miei stessi timori. Al diavolo l'idea di gettare lo scandaglio, penso tra me e me. Avrà disturbato qualche animale nella sua tana... Gli occhi mi vanno a finire sulle armi e mi assicuro che siano in buono stato. Lo zio mi vede e approva con un gesto. Larghi increspamenti della superficie indicano il turbamento degli strati più profondi. Il pericolo è vicino, bisogna stare in guardia.

Martedì, 18 agosto. Arriva la sera o, per meglio dire, il momento in cui il sonno comincia a farsi sentire, poiché la notte manca in questo oceano, e la luce implacabile danneggia i nostri occhi. Hans è al ti-

mone. Durante il suo turno di guardia, mi addormento. Due ore più tardi mi sveglia una terribile scossa. La zattera è stata sollevata fuori dalle onde con una violenza impossibile da descrivere e viene gettata venti tese più in là.
“Che cosa c’è?” esclama lo zio.
Hans indica con il dito, a una distanza di duecento tese, una massa nerastra che di tanto in tanto si alza. È un porco marino gigantesco!
“Il cetaceo dentato della famiglia dei delfini!” dico.
“Sì” replica lo zio, “ed ecco una lucertola di mare di dimensioni fuori del comune. E, ancora più in là, un coccodrillo spaventoso! Una balena, una balena! Vedo le sue enormi pinne: guarda l’aria e l’acqua che solleva in alto dagli sfiatatoi!”
Restiamo meravigliati, impauriti dalla presenza di quel branco di mostri del mare: hanno dimensioni incredibili e il più piccolo di loro spezzerebbe la zattera con un morso. Hans vuol mettere la barra sopravvento per scappare dai mostri, ma dall’altra parte vede nemici ancora più spaventosi: una tartaruga larga quaranta piedi e un serpente lungo trenta, che alza la testa al di sopra delle onde.
È impossibile scappare. Quei rettili si avvicinano, girano intorno alla zattera a gran velocità e poi tracciano cerchi concentrici intorno a noi. Ho preso la mia carabina, ma non credo che una pallottola possa provocare un grande effetto su quei corpi ricoperti di scaglie.
La paura ci ha reso muti. Ecco che si avvicinano: da una parte il coccodrillo, dall’altra il serpente; il resto del branco marino è scomparso. Sto per premere il grilletto, ma Hans mi ferma con la mano. I due mostri passano a cinquanta tese dalla zattera, si precipitano uno sull’altro e la furia impedisce loro di scorgerci.
I due mostri combattono e mi pare che anche gli altri animali si aggiungano nella lotta. Si intravedono a ogni istante. Li faccio vedere all’islandese, ma questi scuote negativamente il capo.
“*Tva*” dice l’islandese.
“Come due?”
“Ha ragione!” esclama lo zio, il quale non ha abbandonato un istante il cannocchiale.

"Questa poi!"
"Sì, il primo di quei mostri ha il muso di un porco marino, la testa di una lucertola, i denti di un coccodrillo: è questo che ci ha ingannati. È il più spaventoso dei rettili primitivi, l'*ichthyosaurus*."
"E l'altro?"
"L'altro è un serpente nascosto dentro il guscio di una tartaruga, il terribile nemico del primo: il *plesiosaurus*."
Trascorre un'ora, quindi due, e la lotta continua sempre accanita. I combattenti di quando in quando si avvicinano alla zattera e poi si allontanano. Restiamo immobili ma pronti ad aprire il fuoco. Improvvisamente l'*ichthyosaurus* e il *plesiosaurus* scompaiono scavando un autentico maelstrom, come quei gorghi caratteristici del mare di Norvegia. Trascorrono molti minuti e, tutt'un tratto, una testa enorme fuoriesce dall'acqua: la testa del *plesiosaurus*. Il mostro è mortalmente ferito e non riesco più a scorgere il suo guscio enorme. Soltanto l'immenso collo si erge, si piega, si risolleva e si curva, sferza i flutti come una gigantesca frusta. L'agonia del rettile ha ben presto fine: i suoi movimenti si affievoliscono, le sue contorsioni si acquietano. E l'*ichthyosaurus*? È ritornato nella sua tana sottomarina?

34

Mercoledì, 19 agosto. Per nostra fortuna il vento che soffia con una certa violenza ci ha permesso di allontanarci dal luogo della battaglia. Hans è sempre al timone. Lo zio ricade nella sua impaziente contemplazione del mare. Il viaggio riprende la sua monotonia, che anch'io non tengo a rompere in cambio dei pericoli di ieri.

Giovedì, 20 agosto. Vento nord-nord-est a raffiche. Temperatura calda. Navighiamo alla velocità di tre leghe e mezzo all'ora. Attorno a mezzogiorno sentiamo un rumore lontano. È un rumore continuo. Ci deve essere in lontananza, secondo il professore, qualche scoglio o qualche isolotto contro cui vanno a infrangersi le onde. Hans sale sulla cima dell'albero, ma non vede nulla.

L'oceano appare liscio sino all'orizzonte. Passano tre ore e il rumore sembra venire da una cascata lontana. Faccio osservare la cosa allo zio, che scuote il capo. Sono comunque sicuro di non sbagliarmi. Stiamo andando incontro a qualche cateratta? I mormorii si fanno sentire più forti. Da dove arrivano? Dal cielo o dall'oceano?

Il cielo è tranquillo. Le nuvole, trasportate nel culmine della volta, vanno a perdersi nell'intensa irradiazione della luce. Dunque, la causa di questo fenomeno va cercata altrove.

Osservo l'orizzonte: il suo aspetto non è cambiato. Consulto la corrente. È nulla: una bottiglia vuota che lancio in mare resta sottovento. Intorno alle quattro Hans si alza e sale fino all'estremità dell'albero. La sua espressione non è meravigliata, ma l'occhio è diventato fisso.

"Ha visto qualcosa" dice lo zio.

"Lo penso anch'io."

Hans ridiscende, quindi tende il braccio verso sud: "*Der nere!*"

"Laggiù" traduce lo zio. E, afferrando il cannocchiale, osserva con attenzione per qualche attimo che a me sembra un secolo.

"Che cosa vedi?"

"Un immenso pennacchio che si alza sopra le acque."
"Potrebbe essere qualche altro animale marino?"
"Può darsi."
"Se anche da questa distanza possiamo intuire che le sue dimensioni sono eccezionali, fuggire sarebbe solo prudenza."
Evidentemente non siamo venuti qui per essere prudenti. Infatti continuiamo ad avanzare e più ci avviciniamo, più la colonna d'acqua si fa grande. Quale mostro può riempirsi di una tale quantità d'acqua ed espellerla in quel modo, senza interruzione?
Alle otto di sera non siamo distanti più di dieci leghe. Il suo corpo nerastro, enorme, gibboso, si stende nel mare come fosse un'isola. Mi pare che la sua lunghezza superi di molto le mille tese.
Sta fermo, come addormentato, e il mare sembra non possa sollevarlo minimamente. La colonna d'acqua, spinta a un'altezza di cinquecento piedi, ricade come pioggia con un rumore assordante. Corriamo pazzamente contro quella massa gigantesca. La paura mi invade. Non voglio andare oltre e spezzerò, se sarà necessario, la drizza della vela! Guardo verso il professore, ma non mi risponde.
All'improvviso Hans si alza, e indicando il punto minaccioso: "*Holme!*" dice.
"Un'isola!" esclama lo zio.
"Un'isola!" dico a mia volta stringendomi nelle spalle.
"Evidentemente" risponde il professore dando in uno scoppio di risa.
"Ma questa colonna d'acqua?"
"Geyser" dice Hans.
"Eh, senza dubbio, geyser!" aggiunge lo zio.
Sul momento non voglio ammettere di essermi confuso in modo così grossolano. Aver scambiato un'isola per un mostro marino! Comunque devo cedere all'evidenza e ammettere di essermi sbagliato.
"Avviciniamoci" dice il professore.
Hans, manovrando con molta abilità, ci porta all'estremità dell'isola. Salto su una roccia. Lo zio mi segue, mentre il cacciatore, da uomo superiore a tali meraviglie, resta pacifico al suo posto.
Camminiamo sopra una zona di granito misto a tufo siliceo; il suolo

trema sotto i nostri piedi come le pareti di una caldaia in cui si muova il vapore ardente. Arriviamo in vista di un piccolo bacino centrale da cui si eleva il geyser. Metto nell'acqua, che scorre ribollendo, un termometro a versamento, e segna 163 gradi.

Evidentemente quest'acqua proviene da una sorta di focolare ardente. Resto per alcuni minuti a osservare ancora il geyser. Noto che il suo zampillo è irregolare negli accessi, e che diminuisce ogni tanto d'intensità e quindi fuoriesce con maggiore violenza, il che è dovuto alle variazioni di pressione dei vapori accumulati al suo interno. Alla fine partiamo girando intorno alle rocce ripidissime della costa sud. Hans ha approfittato del riposo per rimettere in sesto la zattera. Prima di allontanarci, io faccio alcune osservazioni per calcolare la distanza percorsa e le riporto sul mio giornale di bordo. Abbiamo percorso duecentosettanta leghe di mare, dal porto di Grauben, e siamo a seicentoventi leghe dall'Islanda, sotto l'Inghilterra.

35

Venerdì, 21 agosto. Il giorno dopo quel magnifico geyser è scomparso. Il vento è diventato più forte e ci ha allontanato più velocemente dall'isola Axel. Il rumore si è esaurito a poco a poco. L'atmosfera si è fatta pesante di vapori che portano l'elettricità formata dall'evaporazione delle acque salmastre; le nuvole si abbassano e si colorano di tinte olivastre; i raggi elettrici possono appena attraversare la cortina opaca che cela la tempesta.

I cumuli addensati a sud sono minacciosi. In lontananza, le nuvole sembrano grosse balle di cotone messe una sull'altra in un gran disordine: man mano che il tempo passa, si gonfiano e il loro peso è tale che non possono staccarsi dall'orizzonte. Ma, al primo levarsi del vento, si uniscono le une alle altre come un unico strato dall'aspetto veramente spaventoso.

È chiaro che l'atmosfera è carica di elettricità. Io ne sono tutto impregnato e i capelli mi si rizzano sulla testa. Verso le dieci del mattino le avvisaglie dell'uragano sono ancora più nette.

Il professore non parla. La constatazione che questo oceano si prolunga in modo infinito davanti ai suoi occhi lo rende d'umore insopportabile.

"Ci sarà un uragano" dico indicando l'orizzonte.

Silenzio generale. Il vento non soffia più. La natura sembra morta e non respira più. La vela ricade con pesanti pieghe sull'albero alla cui cima comincio a notare il fuoco di Sant'Elmo, quel fenomeno, frequente in mare, prodotto dalla scarica di elettricità atmosferica sulla estremità appuntita di corpi conduttori. La zattera è ferma in mezzo al mare liscio come l'olio.

"Ammainiamo" dico, "abbattiamo l'albero! È più prudente."

"No, per tutti i diavoli!" grida lo zio. "Che il vento ci prenda! Che l'uragano ci trasporti! Ma che io veda una buona volta le rocce di una costa!"

Neanche finisce di pronunciare queste parole che l'orizzonte meridionale cambia aspetto. I vapori accumulati diventano acqua e l'aria diventa uragano. Il buio si raddoppia, ed è a fatica che annoto queste righe.

La zattera comincia a rimbalzare. Lo zio viene sbattuto a terra con violenza e io mi trascino fino a lui. Si è aggrappato a un capo della gomena e sembra godersi lo spettacolo della furia degli elementi.

Hans non si muove. I lunghi capelli agitati dall'uragano sul suo volto impassibile gli conferiscono l'aspetto impressionante di un uomo preistorico.

La vela si gonfia come una bolla sull'orlo della rottura. La zattera viaggia con una rapidità impossibile da calcolare.

"La vela" esclamo io, facendo cenno di abbassarla.

"No!" risponde lo zio.

"*Nej*" aggiunge Hans, muovendo la testa.

Intanto la pioggia crea una cascata fragorosa ma, prima che giunga fino a noi, lo strato delle nuvole si apre, il mare ribolle e l'elettricità entra in gioco. Al rumore del tuono si uniscono le vivide luci della folgore. La massa dei vapori diventa incandescente: le onde sollevate paiono monticelli di fuoco la cui cima è sovrastata dalle fiamme.

Devo aggrapparmi all'albero che si piega come una canna sotto l'infuriare della tempesta!

(Qui le mie note di viaggio diventano incomplete. Ho ritrovato solo qualche annotazione. Tuttavia, anche così brevi e così oscure, esse chiariscono la situazione meglio di quanto non saprebbe fare la mia memoria.)

Domenica, 23 agosto. Dove siamo? Trasportati a velocità incalcolabile. La notte è stata spaventosa. L'uragano non ha soste. Le nostre orecchie sanguinano. È impossibile scambiare parola. I lampi non cessano un istante. Vedo saette che, dopo la discesa, risalgono dal basso in alto e vanno a infiggersi contro la volta di granito. Che rovina se crollasse! Altri lampi si biforcano e prendono forma di globi di fuoco che scoppiano come bombe. Vi è una continua emanazione di luce alla superficie delle nuvole. Dove andiamo?

Lo zio è sdraiato all'estremità della zattera. Il calore raddoppia. Guardo il termometro che indica... (il numero è cancellato).

Lunedì, 24 agosto. Non la finiremo mai! Siamo stroncati dalla fatica. Hans sta come sempre. La zattera viaggia decisa verso sud-est. Da quando ci siamo allontanati dall'isola Axel, abbiamo coperto più di duecento leghe. A mezzogiorno la violenza dell'uragano raddoppia. Dobbiamo assicurare con solide funi tutti gli oggetti che compongono il nostro carico. Noi stessi ci leghiamo. Sono tre giorni che non riusciamo a parlare tra noi. Non riusciamo a sentirci neanche parlandoci all'orecchio.

Lo zio mi si è avvicinato. Mi ha detto qualcosa. Credo: "Siamo perduti" ma non ne sono certo. Decido di scrivergli queste parole: "Ammainiamo la vela". Mi fa segno d'essere d'accordo. Non ha fatto in tempo a guardare dal basso in alto quando un globo di fuoco appare sull'orlo della zattera. L'albero e la vela sono volati via insieme. Il terrore ci paralizza. Il disco di fuoco, per metà bianco e per metà azzurro, si muove lentamente ruotando con sorprendente velocità sotto la furia dell'uragano. Si avvicina e si allontana, salta sul sacco delle provviste, si riabbassa di poco, rimbalza, sfiora il barile della polvere. Orrore! L'esplosione è vicina?! No! La sfera luminosa se ne allontana; s'avvicina ad Hans che resta a fissarla; s'avvicina allo zio, che si butta in ginocchio per evitarla; poi mi balla vicino a un piede che cerco di spostare, senza riuscirvi. Perché non riesco a spostare il piede? Lo sento come inchiodato alla zattera! Ah! La caduta di questo globo elettrico ha calamitato tutto il ferro di bordo; gli strumenti, gli utensili, le armi si agitano, si urtano; i chiodi delle mie scarpe aderiscono con forza a una lastra di ferro infissa nel legno. Non posso staccare il piede! Alla fine lo libero con uno sforzo violento, nel momento in cui la sfera stava per afferrarmi e trascinarmi con sé. Che luce intensa! Il globo scoppia! Siamo coperti dalle fiamme! Improvvisamente si spegne tutto. Ho avuto appena il tempo di vedere lo zio disteso sulla zattera, e Hans sempre al timone. Dove andiamo?

Martedì, 25 agosto. Rinvengo a fatica. L'uragano continua: i lampi si scatenano come una nidiata di serpenti. Siamo sempre in mare e trasportati a una velocità incredibile. Siamo passati sotto l'Inghilterra, sotto la Manica, sotto la Grecia, forse sotto tutta l'Europa. Un nuovo rumore si fa sentire! Senz'altro è il mare che s'infrange contro degli scogli!.. Ma allora...

36

Qui finisce quel che io ho definito un giornale di bordo, fortunosamente scampato al naufragio. Che cosa avvenne all'urto della zattera contro gli scogli, non saprei dire. Fui sbattuto contro le onde e, se riuscii a sfuggire alla morte e il mio corpo non si sfracellò contro le rocce aguzze, fu solo perché il braccio robusto di Hans mi salvò.

Il coraggioso islandese mi portò fuori dalle onde fino a una sabbia calda dove mi trovai accanto allo zio. Quindi tornò per cercare di salvare qualche relitto dal naufragio. Non potevo parlare: ero provato per l'emozione e la fatica, e ci volle un'ora perché mi rimettessi in sesto.

La pioggia continuava a cadere impetuosamente, ma con la violenza che annuncia la fine degli uragani. Alcune rocce ci fornirono un riparo. Hans approntò un po' di cibo che non riuscii nemmeno ad assaggiare e poi cademmo in un sonno doloroso.

Il giorno dopo il cielo e il mare erano ormai calmi. Ogni traccia di tempesta era scomparsa. Fui destato dalle gioiose parole del professore, in preda a un'allegria che metteva i brividi.

"Dunque, ragazzo mio, hai dormito?"

"Benissimo" risposi, "sono ancora abbattuto, ma è cosa da nulla. Mi sembri molto allegro, zio."

"Felice: siamo arrivati!"

"Alla fine della nostra spedizione?"

"No, ma all'altra riva di un mare che non finiva mai. Riprendiamo la via di terra ed entreremo davvero nelle viscere della Terra."

"E per il ritorno?"

"Pensi al ritorno prima ancora d'arrivare?"

"Voglio solo sapere come lo faremo."

"Nel modo più semplice: giunti al centro della Terra, troveremo una nuova strada per risalire in superficie, oppure torneremo per la via che abbiamo percorso."

"Sempre che non si chiuda dietro di noi."

"In questo caso bisognerà accomodare la zattera."

"Abbiamo provviste a sufficienza per compiere simili imprese?"

"Certo. Hans ha portato in salvo gran parte del carico. Andiamo a vedere."

Arrivato sulla spiaggia, vidi Hans in mezzo a una gran quantità d'oggetti disposti ordinatamente. Lo zio gli strinse la mano con viva gratitudine. Quell'uomo aveva lavorato mentre dormivamo e, a rischio della sua stessa vita, aveva messo in salvo gli oggetti più preziosi.

Ovviamente avevamo subìto delle perdite: come le nostre armi, di cui tuttavia potevamo fare a meno. La provvista di cotone fulminante era rimasta intatta, dopo aver rischiato di scoppiare durante l'uragano.

"Ebbene" esclamò il professore, "il solo danno sarà che non potremo più andare a caccia."

"E gli strumenti?"

"Ecco il manometro, che è il più utile di tutti! Con esso posso calcolare la profondità e sapere quando avremo raggiunto il centro."

"E la bussola?" chiesi.

"Eccola, sopra questa roccia, in ottimo stato, come pure il cronometro e i termometri."

Per quanto riguardava gli utensili, vidi sparsi sulla sabbia picconi, scale, corde, vanghe e altre cose.

"E le provviste?" domandai.

"Vediamo le provviste" continuò lo zio.

Erano schierate sulla spiaggia perfettamente conservate: si poteva contare su una scorta di viveri per quattro mesi.

"Ottimo!" esclamò il professore. "Abbiamo tutto il tempo di andare e di ritornare! Rifaremo la nostra provvista d'acqua con la pioggia che l'uragano ha versato nei bacini di granito. Per la zattera, raccomanderò ad Hans di rimetterla in sesto al meglio, anche se non dovrebbe più servirci."

"Che intendi?" esclamai.

"È una mia idea: credo che non usciremo da dove siamo entrati."

Guardai il professore con diffidenza.
"Andiamo a far colazione" soggiunse.
Si allontanò e io lo seguii sopra un'altura. Qui, carne secca, gallette e tè ci offrirono un pasto eccellente. Il digiuno, l'aria aperta e la calma che era seguita alle emozioni contribuivano a stimolarmi l'appetito. Durante la colazione, chiesi allo zio dove ci trovassimo.
"Difficile da stabilire esattamente" rispose, "ma possiamo rilevare la nostra posizione per approssimazione. Infatti, l'ultima osservazione fu fatta all'isola del geyser... All'isola Axel... Non rinunciare all'onore di dare il tuo nome alla prima isola scoperta al centro della massa terrestre!"
"Va bene... All'isola Axel noi avevamo percorso non meno di duecentottanta leghe di mare, e ci trovavamo a più di seicento leghe dall'Islanda."
"Bene! Partiamo da quel punto e contiamo quattro giorni d'uragano, durante i quali la nostra velocità non fu inferiore a ottanta leghe ogni ventiquattr'ore."
"Dovremmo aggiungere, dunque, altre trecento leghe."
"Esatto. Perciò il mare Lidenbrock misurerebbe circa seicento leghe! Se i nostri calcoli sono esatti ora abbiamo proprio il Mediterraneo sulla testa!"
"Veramente?"
"Certo, perché siamo a novecento leghe da Reykjavík! Una bella camminata! Ma non possiamo dire di trovarci proprio sotto il Mediterraneo e non sotto la Turchia o sotto l'Atlantico, se non siamo prima sicuri di non aver dirottato! È facile assicurarcene consultando la bussola. Suvvia, consultiamola!"
Il professore era gaio, allegro, si fregava le mani: pareva un ragazzo! Lo seguii, curioso. Arrivato allo scoglio, lo zio prese la bussola, la pose orizzontalmente e osservò l'ago che, dopo qualche oscillazione, si fermò. Lo zio guardò, si stropicciò gli occhi e guardò ancora.
"Che succede?" domandai.
Mi fece segno di guardare e mi scappò un'esclamazione di meraviglia: l'ago indicava il nord dove noi pensavamo fosse il sud.

La bussola era in ottimo stato ma, in qualunque posizione mettessi l'ago, riprendeva ostinatamente quell'inattesa direzione. Evidentemente, durante la tempesta il vento era cambiato senza che ce ne accorgessimo e aveva spinto la zattera verso la riva cui lo zio credeva di dare le spalle.

37

I sentimenti che agitarono il professor Lidenbrock furono lo stupore, l'incredulità e infine la collera. Le fatiche della traversata, i pericoli corsi: tutto da rifare! Eravamo andati indietro anziché avanzare. Tuttavia il carattere forte dello zio riprese quasi subito il sopravvento.

In piedi sullo scoglio, sembrava volesse sfidare gli dèi. Cosicché io ritenni giusto mettere un freno alla sua ira.

"Ascoltami" gli dissi. "C'è un limite a ogni ambizione. Non vale la pena lottare contro l'imponderabile: siamo attrezzati troppo male ora. Cinquecento leghe non si percorrono su assi sconnesse, una coperta come vela, un bastone come albero. Non possiamo mantenere una rotta, siamo in balìa delle tempeste! Sarebbe follia tentare una seconda volta questa traversata!"

Il professore, distratto, non raccolse neanche una sillaba del mio ragionamento.

"Alla zattera!" esclamò.

Ebbi un bel da fare, supplicare, adirarmi: andai a cozzare contro una volontà più dura del granito.

Hans terminava in quel momento di rimettere in sesto la zattera. Con alcuni pezzi di *surtarbrandur*, aveva rinforzato l'imbarcazione e una vela era già spiegata. Il professore imbarcò i bagagli e dispose tutto per la partenza.

L'atmosfera era chiara e il vento di nord-est costante.

Potevo lottare da solo contro quei due? Impossibile. Stavo per occupare il mio solito posto nella zattera, quando lo zio mi trattenne per una mano.

"Partiremo domani" disse. "Non devo trascurare niente" aggiunse, "e siccome il destino ha voluto che sbarcassi da questa parte della costa, non la lascerò senza averla esplorata."

"Andiamo alla scoperta!" dissi.

Lasciammo Hans alle sue occupazioni, e ci avviammo. Lo spazio compreso tra il mare e la base dei contrafforti era larghissimo. Era possibile camminare una buona mezz'ora prima di arrivare alla parete delle rocce. I nostri piedi schiacciavano conchiglie di ogni forma e di ogni dimensione. Inoltre, il suolo era cosparso da una gran quantità di frammenti pietrosi, simili a ciottoli arrotondati dalle onde e ordinati in linee successive. Camminavamo sopra una specie di terreno sedimentario, formato dalle acque come tutti i terreni di questo periodo, così frequenti alla superficie del globo. Il professore esaminava attentamente ogni fessura della roccia. Se esisteva un interstizio era per lui importante scandagliarne il fondo.

Per un miglio costeggiammo le spiagge del mare Lidenbrock, poi il terreno cambiò conformazione. Sembrava messo sotto sopra dallo sconvolgimento violento degli strati inferiori. In molti luoghi avvallamenti e sollevamenti manifestavano una brusca variazione della massa terrestre. Avanzavamo a fatica sopra quei frammenti granitici, misti a silice, a quarzo e a depositi alluvionali, quando si presentò ai nostri occhi una distesa di ossa. Era come un cimitero grandissimo, in cui le generazioni di venti secoli confondevano la loro polvere eterna. Su circa tre miglia quadrate, si accumulava forse tutta la storia della vita animale, appena scritta nei terreni troppo giovani del globo abitato.

I nostri piedi schiacciavano con un gran fragore i resti di quegli animali preistorici e fossili.

Ero meravigliato. Lo zio era in estasi: si trovava dinanzi a una collezione preziosa di *leptotherium*, di *mericotherium*, di *lophiodon*, di *anoplotheium*, *megatherium* di mastodonti, di protopitechi, di pterodattili, di tutti i tipi di mostri primitivi ammucchiati per sua soddisfazione personale.

Correndo lungo la polvere organica, raccolse un cranio ed esclamò:

"Axel! Una testa umana!"

"Una testa umana, zio?" risposi non meno stupefatto.

"Sì, nipote! Un nuovo anello nell'evoluzione dell'uomo!"

Era veramente uno spettacolo meraviglioso questo di tante generazioni d'uomo e d'animali confuse in quel cimitero. Restava, comunque un grave problema che non riuscivamo a risolvere. Quegli esseri animati erano scivolati sulle rive del mare Lidenbrock per un assestamento del terreno quando erano già ridotti in polvere? Oppure vissero in questo mondo sotterraneo, nascendo e morendo come gli altri abitanti della Terra?

38

Ancora per una mezz'ora andammo avanti, sospinti da una curiosità divorante. Quali altre meraviglie conteneva quella caverna, quali tesori per la scienza?
Le rive del mare erano sparite ormai da molto tempo dietro le colline dell'ossario, e il professore mi trascinava con sé. Per un fenomeno che non mi seppi spiegare, e grazie alla sua diffusione perfetta, la luce illuminava in modo uniforme le diverse facce degli oggetti. Non aveva origine in un punto preciso dello spazio e dunque non creava ombra. In quella luce, le rocce, le montagne distanti, le foreste lontane assumevano uno strano aspetto: parevano un paesaggio fantastico.
Dopo un miglio di cammino apparvero le falde di una gigantesca foresta: era la vegetazione dell'era terziaria in tutto il suo rigoglio, solo che scolorita perché privata del calore vivificante del sole. Tutto si confondeva in una tinta uniforme, grigiastra e come appassita.
Lo zio si avventurò in quei boschi e io lo seguii con una certa apprensione: era possibile che vi fossero ancora spaventosi mammiferi. Potevo scorgere, attraverso le larghe distese che lasciavano gli alberi abbattuti, le leguminose, le aceracee, le rubiacee e migliaia d'arbusti apprezzati dai ruminanti d'ogni tempo. Improvvisamente, mi arrestai e con la mano fermai lo zio. Forme immense si muovevano sotto gli alberi! Erano animali giganteschi, un intero branco di bestie enormi. Quei mastodonti proboscidati si agitavano sotto gli alberi: sentivo il rumore delle loro zanne che scavavano i vecchi tronchi. Le foglie, strappate a mucchi enormi, scomparivano nelle loro fauci.
Eravamo nelle profondità del globo, soli e indifesi davanti ai suoi feroci abitanti. Lo zio guardava.
"Andiamo" disse improvvisamente, afferrandomi il braccio. "Avanti!"
"No!" urlai. "Siamo disarmati. Che faremo in mezzo a quel branco di giganteschi quadrupedi? Nessuna creatura umana può sfidare senza rischio quei mostri."

"Nessuno?" rispose lo zio a bassa voce. "Ti sbagli! Guarda là in basso: mi sembra di scorgere un essere vivente, una creatura come noi, un uomo!"
Guardai e, a neanche un quarto di miglio, appoggiato a un gigantesco Kauris, stava un essere umano, custode di quel mostruoso gregge di mastodonti. Custode di un gregge gigantesco e ancor più gigantesco egli stesso! La sua altezza superava i dodici piedi, la sua testa grande come quella di un bufalo spariva nel cespuglio di una capigliatura folta e incolta. Agitava un enorme ramo: un bastone degno di quel pastore primitivo.
Eravamo meravigliati, attoniti e immobili. Potevamo essere visti.
"Vieni!" esclamai, portando via lo zio che, per la prima volta, si lasciò trasportare.
Istintivamente, stavamo tornando verso il mare Lidenbrock e non so in quale divagazione si sarebbe smarrito il mio spirito, se non ci fosse stato un pensiero che mi riportò a osservazioni più pratiche.
Benché fossi sicuro di trovarmi su un suolo mai calpestato dai nostri passi, vedevo spesso un insieme di rocce la cui forma ricordava quella di porto Grauben. D'altronde ciò confermava l'indicazione della bussola e il nostro casuale ritorno a nord del mare Lidenbrock. A volte c'era di che confondersi. Ruscelli e piccole cascate cadevano a centinaia dagli sbalzi delle rocce: mi sembrava di rivedere lo strato di *surtarbrandur*, il nostro Hansbach o la grotta dove avevo ripreso conoscenza. Ma poco più oltre, la disposizione dei contrafforti, la vista di un ruscello e la sagoma di una roccia mi facevano di nuovo dubitare.
Esposi allo zio la mia incertezza.
"È chiaro" dissi, "che non siamo ritornati al punto di partenza. La tempesta ci ha riportati al di sotto, quindi, seguendo la spiaggia finiremo di nuovo a porto Grauben."
"Allora" rispose lo zio, "è inutile continuare l'esplorazione, è più opportuno ritornare alla zattera. Non ti sbagli, Axel?"
"Non posso esserne certo, perché queste rocce sembrano tutte uguali. Però penso di riconoscere il promontorio ai piedi del quale Hans

costruì la zattera. Dobbiamo essere vicini al porticciolo, se già non ci siamo."
"No, Axel, ritroveremmo almeno le nostre stesse tracce e io non vedo niente."
"Ma le vedo io!" dissi, chinandomi verso un oggetto che luccicava sulla sabbia. "Guarda!"
Mostrai allo zio il pugnale arrugginito che avevo raccolto.
"Come mai" disse, "avevi portato con te quest'arma?"
"Io assolutamente no! Ma tu..."
"No" rispose il professore, "quest'oggetto non mi è mai appartenuto."
"Questo è strano!"
"Nient'affatto! È chiarissimo: gli islandesi hanno spesso armi simili a questa, e lo avrà perduto Hans."
"Impossibile! È un pugnale antico" esclamai.
Lo zio mi impedì di divagare oltre, e aggiunse in tono pacato: "Calmati. Questo pugnale è un'arma del XVI secolo. È d'origine spagnola e non appartiene né a me, né a te, né al cacciatore, e neanche agli esseri umani che forse vivono al centro della Terra".
"Vuoi dire..."
"Axel" continuò, "siamo sulla via della grande scoperta! Questa lama è rimasta abbandonata sulla sabbia da cento, duecento, trecento anni, si è intaccata sulle rocce di questo mare sotterraneo."
"Evidentemente qualcuno è stato qui prima di noi!"
"Sì, un uomo. E quest'uomo ha inciso il suo nome con questo pugnale! Quest'uomo ha voluto ancora una volta segnare con la propria mano la strada che conduce al centro della Terra: cerchiamo ancora!"
Ed eccoci esaminare le più piccole fessure che potessero mutarsi in galleria. Arrivammo così a un punto in cui la spiaggia si restringeva. Tra due sporgenze di roccia, si intravedeva l'entrata di un tunnel scuro. Qui, sopra una lastra di granito, apparivano due lettere quasi corrose, le due iniziali del fantastico viaggiatore.
"A.S.!" esclamò lo zio. "Arne Saknussemm!"

39

Non solo si leggeva sulla roccia la firma del dotto alchimista, ma avevo tra le mani la punta che l'aveva tracciata. Non potevo più mettere in dubbio l'esistenza del viaggiatore e la realtà del suo viaggio.
Un fuoco si riaccese nel mio petto. Dimenticai ogni cosa: i pericoli del viaggio e i pericoli del ritorno. Niente di ciò che era umano mi pareva impossibile.
"Avanti!" esclamai.
Già mi slanciavo verso la galleria, quando il professore mi trattenne e mi consigliò pazienza e sangue freddo.
"Ritorniamo da Hans" disse, "e portiamo qui la zattera."
Obbedii con dispiacere e corsi verso le rocce della spiaggia.
"Sai, zio" dicevo camminando, "che fino a ora siamo stati veramente favoriti dalla sorte? Persino la tempesta che ci ha rimesso nella giusta direzione. Sia benedetto l'uragano che ci ha riportati su questa costa."
"Sì, Axel, c'è qualcosa di provvidenziale in questo ritrovamento di una traccia di Saknussemm. Va per il meglio anche perché abbandoniamo questo mare orizzontale che non porta a niente e stiamo per scendere!"
Raggiungemmo il cacciatore e già ogni cosa era pronta per un'immediata partenza. Prendemmo posto sulla zattera e, issata la vela, Hans si diresse, seguendo la costa, verso capo Saknussemm. In molti punti dovemmo procedere con l'aiuto dei bastoni ferrati e a volte le rocce ci costrinsero a fare dei lunghi giri. Tuttavia, dopo tre ore di navigazione, quasi alle sei del pomeriggio, raggiungemmo un luogo adatto all'approdo. Con un balzo fui sulla spiaggia, seguito dallo zio e dall'islandese; la traversata non mi aveva calmato; mi proponevo perfino di bruciare la nostra nave per tagliarci ogni ritirata; lo zio vi si oppose e io lo trovai stranamente calmo.
Lo zio mise in funzione il suo apparecchio di Ruhmkorff. Attraccata alla riva, la zattera venne abbandonata. L'imbocco della galleria era a

meno di venti passi e ci avvicinammo senza indugio. L'apertura, quasi circolare, aveva un diametro di circa cinque piedi. La galleria era ricavata nella roccia viva e levigata con accuratezza dalle materie eruttive: la sua parte inferiore sfiorava il terreno e noi ci introducemmo con facilità. Procedevamo quasi in orizzontale quando, dopo sei passi, il passaggio fu interrotto da un enorme masso.

"Maledetta pietra!" urlai con ira.

Cercammo a destra e a sinistra, in basso e in alto, ma non c'era alcun passaggio. Hans illuminò con la lampada tutti i punti della parete, ma non riuscì a scorgere alcuna interruzione. Dovevamo abbandonare la speranza di procedere.

Mi sedetti per terra mentre lo zio misurava a grandi passi la galleria.

"Ma allora Saknussemm?!" esclamai.

"Sì" rispose lo zio, "venne fermato da questa porta di pietra?"

"No!" dissi con ardore. "Questa roccia, per una scossa qualsiasi, ha ostacolato tutt'a un tratto il passaggio. Sono passati molti decenni dal ritorno di Saknussemm alla caduta del macigno. Inoltre è chiaro che questa galleria una volta era il passaggio delle lave, e a quel tempo le materie eruttive vi circolavano liberamente. È un ostacolo accidentale che Saknussemm non ha incontrato, e se non lo rovesciamo, non siamo più degni di giungere fino al centro della Terra!"

"Allora" riprese a dire lo zio, "apriamoci il passo con la zappa."

"È troppo duro per la zappa!" esclamai.

"Allora il piccone!"

"Ci si mette troppo!"

"Ma..."

"Allora con la polvere! Miniamo l'ostacolo e facciamolo saltare in aria. È soltanto un frammento di roccia da spezzare!"

"Hans, al lavoro!" gridò lo zio.

L'islandese tornò alla zattera e prese un piccone per scavare una buca in cui sistemare la mina.

Ero emozionatissimo. Mentre Hans scavava, aiutavo lo zio a preparare una miccia fatta con la polvere bagnata chiusa in una specie di salsicciotto di tela.

"Ce la faremo!" dicevo tra me.
"Ce la faremo!" ripeteva lo zio.
A mezzanotte, la carica esplosiva era stata collocata nella buca e la miccia, correndo attraverso la galleria, arrivava fino all'esterno. Bastava una scintilla per far funzionare quel congegno.
"A domani" decise il professore.
Dovetti rassegnarmi e aspettare ancora per sei ore.

40

Il giorno successivo, giovedì 27 agosto, fu una delle date più importanti del nostro viaggio. Quando me lo ricordo, ancora mi batte il cuore dallo spavento. Da quel momento la nostra ragione e il nostro buonsenso non contarono più niente.

Eravamo in piedi alle 6. Si avvicinava il momento di aprire un varco nella massa di granito. Volli avere io l'onore di accendere la miccia. Appena fatto, dovevo raggiungere i compagni sulla zattera: dovevamo poi allontanarci per evitare i pericoli dello scoppio, i cui effetti potevano ripercuotersi anche oltre il masso di granito.

Lo zio e il cacciatore, dopo aver mangiato qualche cosa, si erano già imbarcati, mentre io ero rimasto sulla spiaggia. Avevo una lanterna accesa che doveva servirmi per appiccare il fuoco.

"Va', figliolo" disse lo zio. "Poi raggiungici subito qui."

"Sta' tranquillo" risposi. "Non mi metterò certo a osservare le vetrine."

Mi diressi all'imboccatura della galleria, aprii la lanterna e presi il capo della miccia. Il professore consultava il cronometro.

"Pronto?" gridò.

"Pronto."

"Fuoco!"

Accesi la miccia, che scoppiettò al contatto con la fiamma; poi tornai di corsa a riva.

Hans, con una spinta vigorosa, allontanò la zattera di circa venti tese. Era un momento di grande ansia. Il professore seguiva le lancette del cronometro.

"Ancora cinque secondi. Ancora quattro. Tre!"

Il mio polso batteva anche i mezzi secondi.

"Due! Uno! Crollate, montagne di granito!"

Mi sembra di non aver nemmeno sentito il fragore dello scoppio, ma le rocce si aprirono come un sipario. Vidi che un profondo abisso si

formava sulla riva. Il mare, come se avesse le vertigini, si unì tutto in un'onda enorme, su cui la zattera si alzò a perpendicolo.
In meno d'un secondo alla luce subentrò un'oscurità profonda, poi sentii ogni appoggio solido sparire: non sotto i miei piedi, ma sotto la zattera. Credetti che colasse a picco. Ma questo non accadde.
Nonostante il buio assoluto, il rumore, la meraviglia, compresi quel che era accaduto. Oltre la roccia che avevamo abbattuto doveva esserci un abisso spaventoso e l'esplosione aveva provocato un terremoto in quel terreno cosparso di crepacci. L'abisso s'era spalancato e il mare ci trascinava.
Mi sentii perduto.
Un'ora o due ore, non saprei, volarono così. Noi ci stringevamo i gomiti e ci serravamo mano contro mano per non essere sbalzati fuori dalla zattera. Ogni tanto andavamo a sbattere con violenza contro la muraglia. Era senz'altro la strada percorsa da Saknussemm ma, anziché seguirla per conto nostro, avevamo trascinato con la nostra imprudenza un intero mare.
Accendere una torcia in questa situazione era impossibile e il nostro ultimo apparecchio elettrico si era rotto nello scoppio.
Rimasi perciò sorpreso nel vedere una luce che brillava vicino a me. La tranquilla figura di Hans venne illuminata. Il cacciatore era riuscito ad accendere la lanterna e, nonostante la fiamma vacillasse, mandò qualche bagliore nella spaventosa oscurità.
La galleria era larga e la scarsa luminosità non ci permetteva di vedere allo stesso tempo le due muraglie. La zattera, sconvolta dai gorghi, girava intorno a se stessa.
Lo zio e io ci guardavamo con occhi smarriti, appoggiati entrambi all'albero spezzato. Voltavamo le spalle all'aria, per non essere soffocati dalla rapidità di un movimento che forza umana non poteva frenare.
Le ore trascorrevano e la situazione non cambiava, ma un incidente aumentò le difficoltà. Cercando di mettere un po' d'ordine nel carico, mi resi conto che la maggior parte degli oggetti imbarcati era scomparsa al momento dello scoppio. Volli sapere di quali mezzi potevamo

disporre e, con la lanterna in mano, iniziai a cercare. Quanto agli strumenti, potevamo contare soltanto sulla bussola e sul cronometro; le scale e le corde si riducevano a un tratto di gomena legata intorno al pezzo rimasto dell'albero; nient'altro, se non viveri per un solo giorno.

Di quale pericolo mi preoccupavo? Anche se i viveri fossero bastati per un periodo più lungo, come uscire dagli abissi in cui ci trascinava quell'irresistibile torrente? Morire di fame! Ne avevamo il tempo, forse?

Mi venne in mente di dire tutto allo zio, di fargli vedere a che punto fossimo ormai giunti e quanto poco ci restava ormai da vivere; tuttavia ebbi il coraggio di star zitto, non volendo intaccare la sua serenità.

In quel momento la luce della lanterna si spense.

Chiusi gli occhi come un bambino per non vedere tutto quel buio.

Dopo parecchio tempo, la velocità della corsa raddoppiò: me ne resi conto per l'aria che mi batteva sul viso. La pendenza delle acque diventava eccessiva: non stavamo più scivolando, ma cadevamo in senso verticale. La mano dello zio e quella di Hans, afferrandomi per le braccia, mi trattenevano con grande vigore.

Improvvisamente, dopo un tempo indefinito, la zattera si arrestò improvvisamente. Una tromba d'acqua, un'immensa colonna liquida si rovesciò alla sua superficie e ci soffocò...

Per nostra fortuna, l'inondazione non durò molto. In pochi attimi mi ritrovai all'aria libera. Lo zio e Hans mi stringevano il braccio sino a spezzarlo e la zattera ci portava ancora tutti e tre.

41

Dovevano essere circa le dieci di sera. Il primo senso che si mise in funzione fu l'udito. Intesi il silenzio farsi largo nella galleria sostituendo i boati che da ore mi assordavano.

Le parole dello zio arrivarono a me come un sussurro: "Risaliamo!"

Allungai il braccio, sfiorai la muraglia e ritirai la mano sporca di sangue. Risalivamo con estrema rapidità.

"La torcia!" gridò il professore.

Con grande fatica Hans riuscì ad accenderla.

"Proprio come pensavo" disse lo zio, "siamo in un pozzo stretto, largo non più di quattro tese."

"Dove andiamo?"

"In alto."

"Dove?"

"Questo non lo so. Dobbiamo essere pronti a ogni avvenimento."

"Sì, ammesso che il pozzo abbia una via d'uscita! Ma se è chiuso?"

"Axel" rispose il professore, severo, "la situazione è senz'altro disperata; tuttavia esiste ancora qualche speranza di salvezza ed è in quella che confido."

"Che cosa possiamo fare?"

"Dare nuove forze al nostro organismo, mangiando."

"Mangiare?" ripetei.

"E senza indugio."

Il professore disse anche qualche altra parola in danese e Hans scosse il capo.

"Come?" esclamò lo zio. "Le provviste sono perdute?"

"Sì. Ci resta un pezzo di carne secca in tre!"

Lo zio mi guardava senza capacitarsi di quanto gli avevo detto.

"Allora" dissi, "credi ancora che possiamo salvarci?"

La domanda non ottenne risposta.

Trascorse un'ora e incominciavo a sentire una fame incredibile. Anche

i miei compagni soffrivano, ma nessuno osava sfiorare quel miserabile avanzo di cibo. Intanto continuavamo a salire con estrema rapidità. Il calore cresceva in maniera preoccupante.
Che cosa voleva dire questo cambiamento? Fino a questo punto condizioni particolari di rocce refrattarie, elettricità e magnetismo avevano modificato le leggi generali della natura, creando una temperatura sopportabile.
Stavamo per ritornare in un ambiente in cui questi fenomeni non avrebbero più agito come attenuanti? Ecco ciò di cui avevo paura, e lo dissi al professore.
"Se non affoghiamo e andiamo a sbattere contro le rocce e se non moriamo di fame, possiamo sempre essere bruciati vivi."
Dopo qualche attimo di silenzio lo zio parlò.
"Vediamo" disse, "è giunto il momento di prendere una decisione. È necessario riprendere le forze. Se cerchiamo, risparmiando questi avanzi di cibo, di prolungare la nostra esistenza di alcune ore saremo deboli e prostrati fino alla fine."
"Fino alla fine, che non dovremo attendere per molto tempo."
"E, dunque, se avessimo una possibilità di salvarci, se fosse necessario un momento d'azione, dove potremmo trovare la forza necessaria, se ci lasciassimo indebolire?"
"E quando avremo mangiato anche quel pezzo di carne che cosa sarà di noi?"
"È chiaro che non avremo più di che sfamarci, ma questo pezzo di carne sarebbe più nutriente se lo mangiassimo solo con gli occhi?"
"Tu, dunque, hai ancora qualche speranza?"
"Sì" replicò deciso. "Fino a che il mio cuore batte e la mia carne palpita, io non ammetto che una creatura dotata di volontà ceda alla disperazione."
Senz'altro l'uomo che pronunciava quelle parole in una circostanza del genere doveva essere di una tempra eccezionale.
"Dunque" dissi, "che pensi di fare?"
"Mangiare quel che rimane fino all'ultima briciola, per recuperare le forze perdute."

"Mangiamo pure!" esclamai.
Lo zio prese il pezzo di carne e le poche gallette scampate al naufragio, fece tre porzioni uguali e le distribuì.
Erano le cinque del mattino e, dopo un lungo digiuno, pochi bocconi di gallette e di carne ebbero il sopravvento sui nostri dolori passati.
Subito dopo lo zio, con la torcia in mano, esaminava attentamente i terreni, cercando di individuarne meglio le caratteristiche.
"Granito eruttivo" diceva. "Siamo ancora nell'era arcaica, ma continuiamo a salire. Chissà!"
Toccava con la mano la parete verticale e dopo alcuni istanti riprendeva l'operazione. "Ecco gli gneiss, ecco i micascisti! Benissimo, presto incontreremo i terreni del periodo cretacico, e allora..."
Che cosa voleva dire? Poteva forse misurare lo spessore della crosta terrestre sospesa sul nostro capo?"
Intanto, la temperatura aumentava in modo impressionante e mi sentivo bagnato in un'atmosfera ardente.
"Stiamo salendo verso un focolare incandescente?" esclamai a un certo punto, sentendo che il calore aumentava sempre di più.
"No" rispose lo zio, "è impossibile."
"Comunque" dissi toccando la parete, "questa muraglia scotta."
Mentre dicevo queste parole, la mia mano sfiorò l'acqua e dovetti ritrarla velocemente.
"L'acqua brucia!" esclamai.
Una paura incredibile si impadronì del mio cervello e non lo abbandonò più. Avevo la netta sensazione dell'avvicinarsi di una catastrofe, quale la più ardita fantasia non avrebbe potuto immaginare. Un'idea vaga e incerta divenne certezza. La respingevo, ma ritornava ostinata. Non avevo il coraggio di esprimerla. Alla luce pallida della torcia osservai movimenti disordinati negli strati di quarzo e poi, il calore eccessivo... l'acqua bollente... Volli controllare la bussola. Era impazzita!

42

Sì, impazzita! L'ago andava da un polo all'altro con movimenti bruschi percorrendo tutti i punti del quadrante. Le detonazioni si moltiplicavano con spaventosa intensità: era uno strepito costante di tuoni. La crosta minerale minacciava di spaccarsi, le masse granitiche di congiungersi, l'abisso di colmarsi, e noi, poveri atomi, stavamo per essere schiacciati nella terribile morsa.

"Zio" esclamai. "Siamo perduti!"

"Che cos'è questa nuova paura?" mi rispose con una calma davvero sorprendente.

"I vapori che si fanno più spessi, e la bussola impazzita. Tutti indizi di un terremoto."

Lo zio scosse dolcemente la testa. "Un terremoto?" disse.

"Sì."

"Ragazzo mio, credo che tu stia prendendo un abbaglio!"

"Non ne riconosci i sintomi, dunque?"

"Io mi aspetto di meglio."

"Che cosa vuoi dire?"

"Un'eruzione."

"Ci troviamo allora dentro il camino di un vulcano in attività?"

"Penso sia così" disse il professore sorridendo, "ed è il meglio che poteva capitarci."

Lo zio era dunque diventato pazzo? Perché quella calma e quel sorriso?

"Come!" esclamai. "Siamo in un'eruzione! Stiamo per essere espulsi, proiettati in aria insieme con pezzi di roccia, una pioggia di ceneri e un turbine di fiamme!"

"Sì" rispose il professore, "ed è il solo mezzo per tornare in superficie."

Lo zio aveva perfettamente ragione, né mai egli mi sembrò più coraggioso che in questo momento in cui aspettava tranquillo e misurava la possibilità di un'eruzione.

Nel frattempo, continuavamo a salire e proseguimmo per tutta la notte. I rumori aumentavano sempre di più e io mi sentivo quasi soffocato.
Era chiaro che eravamo portati in alto da una spinta eruttiva. Ci trovavamo, dunque, nel camino di un vulcano. Prima che impazzisse, la bussola non aveva mai cambiato direzione e dal capo Saknussemm eravamo stati portati direttamente a nord per centinaia di leghe. Saremmo sbucati nel cratere dell'Hekla, o da uno dei sette altri monti dell'isola che vomitano fuoco. Certo i crateri non mancavano ed erano abbastanza larghi per eruttare un'armata intera! Ma quale ci sarebbe servito come via d'uscita?
Verso il mattino il movimento d'ascensione aumentò. Il calore aumentò anziché diminuire mentre ci avvicinavamo alla superficie della Terra. Eravamo spinti inesorabilmente da una forza enorme. A quali incredibili pericoli andavamo incontro! Poco dopo, riflessi rossastri penetrarono nella galleria verticale che si allargava sempre di più: vedevo a destra e a sinistra profondi corridoi simili a immensi tunnel da cui fuoriuscivano densi vapori.
"Guarda, zio!" esclamai.
"Sono fiamme sulfuree. Niente di più naturale in un'eruzione."
"E se ci avvolgono?"
"Non ci avvolgeranno."
"E se soffochiamo?"
"Non soffocheremo. La galleria si allarga e dovremo abbandonare la zattera per ripararci in qualche fenditura."
"E l'acqua che sale?"
"Non c'è più acqua, ma un magma che ci solleva fino alla bocca del cratere."
Intorno alle otto del mattino, il movimento di risalita cessò improvvisamente e la zattera rimase immobile.
"Che accade?" chiesi.
"Una fermata" rispose lo zio.
"È l'eruzione che si sta placando?"
"Spero di no."

Pensammo fosse la zattera a essere stata fermata da una sporgenza della roccia, ma non era così. Anche la colonna di cenere, scorie e frammenti aveva cessato di salire.
"Hai paura, eh, figliolo?" disse lo zio a denti stretti. "Stai tranquillo. Questo momento di stasi non può durare a lungo. Fra poco ricominceremo la nostra risalita verso la bocca del cratere."
Il professore non smetteva di controllare il cronometro, e doveva ancora una volta aver ragione nelle sue previsioni. Infatti, subito dopo, la zattera venne alzata un'altra volta da un movimento rapido e disordinato che durò quasi due minuti, poi si fermò un'altra volta.
"Bene" disse lo zio, "fra dieci minuti si rimetterà in marcia." Abbiamo a che fare con un vulcano la cui eruzione è intermittente. Ci lascia respirare con lui.
Tutto vero: al minuto indicato fummo lanciati con rinnovato vigore. Dovemmo attaccarci alle travi per non essere sbalzati fuori della zattera. Poi la spinta si arrestò. Mi sembra abbastanza chiaro che non occupavamo il camino principale del vulcano, ma un condotto secondario in cui si faceva sentire un effetto di contraccolpo. Quante volte si rinnovasse questa manovra non potrei dire. Nei momenti di stasi si soffocava, e durante la corsa l'aria ardente mi toglieva il respiro. A poco a poco, la mia mente, che tante scosse aveva dovuto subire, si smarrì, e più d'una volta, se non mi avessero sorretto le braccia di Hans, mi sarei rotto la testa contro la parete granitica. Dunque, non ho un ricordo esatto di quel che avvenne nelle ore che seguirono. Mi resta la sensazione confusa di detonazioni, di un movimento rotatorio dal quale fu presa la zattera, che cominciò a ondeggiare sopra flutti di lava in mezzo a una pioggia di ceneri e tra fiamme ruggenti. Per l'ultima volta il viso di Hans mi apparve in un riflesso infuocato e non ebbi sensazioni, a parte il terrore dei condannati legati alla bocca di un cannone nell'attimo stesso in cui sta per partire il colpo.

43

Quando riaprii gli occhi, sentii una mano vigorosa che mi stringeva alla vita: era quella di Hans, che con l'altra sorreggeva lo zio. Aprii gli occhi e vidi che ero coricato sul versante di una montagna, a due passi da un precipizio in cui rischiavo di cadere al più piccolo movimento. Hans mi aveva salvato dalla morte mentre stavo rotolando giù per i fianchi del cratere.
"Dove siamo?" chiese lo zio, molto irritato dal fatto d'esser ritornato sulla Terra.
Il cacciatore alzò le spalle: non lo sapeva neanche lui.
"In Islanda" dissi.
"*Nej*" rispose Hans.
"Come no?" intervenne il professore alzando la voce.
Hans si sbaglia, conclusi mentre mi rimettevo in piedi. M'aspettava un'altra sorpresa, dopo tutte le altre che quel viaggio mi aveva riservato. Io mi aspettavo di vedere la cima d'una montagna coperta da nevi eterne, in mezzo ai ghiacciai del Nord, sotto i pallidi riflessi d'un cielo polare... Invece, contrariamente alla mia aspettativa, lo zio, l'islandese e io eravamo a mezza costa di una montagna calcinata dall'ardore d'un sole che quasi ci divorava con i suoi raggi.
Non volevo credere ai miei occhi, ma il calore che emanava dal mio corpo non mi permetteva di avere dubbi. Eravamo usciti seminudi dal cratere, e l'astro radioso, a cui da due mesi non avevamo chiesto niente, ci versava a fiotti una splendida irradiazione, prodigo di luce e di calore verso di noi. Appena i miei occhi si furono abituati a un bagliore così vivo, di cui avevamo perduto persino il ricordo, me ne servii per correggere gli errori che la mia immaginazione mi aveva fatto compiere. Pensavo di essere almeno alle Spitzbergen, e non ero disposto a cedere neanche d'una virgola.
Il professore parlò per primo: "Infatti, questo panorama non assomiglia davvero all'Islanda".

"E se fosse l'isola di Jan Mayen?" feci io.
"Non può essere, caro ragazzo. Questo non è certo un vulcano del Nord, con le sue alture granitiche e la calotta di neve."
"Eppure..."
"Guarda, Axel, guarda."
Sopra il nostro capo, all'incirca a cinquecento piedi, si ergeva il cratere ampio e rumoroso, un'alta colonna di fiamme mista a ceneri, lave, pietre pomici.
Sentivo il brontolio della montagna che respirava alla maniera delle balene, gettando ogni tanto fuoco e aria da enormi sfiatatoi. Sotto di noi, gli strati di materie eruttive si stendevano per un ripido declivio a una profondità di sette o ottocento piedi. Il vulcano dunque non raggiungeva un'altezza totale di trecento tese. La sua base spariva in una vera corona di alberi verdeggianti, fra cui distinguevo ulivi, fichi e viti cariche di grappoli vermigli.
Dovevo ammetterlo, quello non era certo un luogo dell'Artide.
Oltrepassata quella verdeggiante cintura, lo sguardo spaziava e si perdeva nelle acque del mare splendido, o forse d'un lago, il quale lasciava supporre che questa terra incantata fosse un'isola larga appena qualche lega. A levante si distingueva un porticciolo con un gruppo di casette: vi dondolavano secondo i capricci di quei flutti turchini alcune barchette di forma particolare. Poco più in là si intravedevano gruppi di isole che uscivano appena da quella distesa liquida. Erano tanto numerose da far pensare a un formicaio gigante. A ponente coste lontane si disegnavano all'orizzonte; su queste si vedevano distintamente i profili di montagne azzurrognole e armoniche. Molto più lontano appariva un cono prodigiosamente elevato in cima al quale un pennacchio di fumo disegnava vaghe spirali. A nord una immensa distesa d'acqua scintillava ai raggi del sole e lasciava apparire qua e là le punte di un'alberatura o una vela gonfiata dal vento.
Le splendide bellezze di questo spettacolo erano moltiplicate dall'imprevisto.
"Dove siamo? Dove siamo?" non facevo che ripetere a bassa voce.
Hans socchiudeva gli occhi: a lui non importava niente.

Lo zio guardava e riguardava, senza capire.
"Qualunque sia il nome di questo monte" disse dopo un po', "fa caldo qui. Le esplosioni continuano e proprio non varrebbe la pena di essere sfuggiti da un'eruzione per ricevere poi un pezzo di roccia sulla testa. Scendiamo e sapremo tutto. E poi ho fame. E anche molta sete."
Il professore non era affatto uno spirito contemplativo. Da parte mia, avevo dimenticato fatiche e necessità fisiche: sarei rimasto in quel posto per ore e ore, ma dovetti seguire i miei compagni. I fianchi del vulcano avevano declivi molto ripidi; scivolavamo tra vere frane di cenere, evitando le colate di lava che vicino a noi si allungavano rapide come serpenti di fuoco. Mentre scendevamo, parlavo con volubilità poiché la mia fantasia era tanto sfrenata che sentivo il bisogno d'uno sfogo con le parole.
"Siamo in Asia, sulle coste dell'India. No, nelle isole della Malesia. O forse... nel cuore dell'Oceania. Abbiamo attraversato metà del globo terrestre e siamo usciti agli antipodi dell'Europa!"
"Ma la bussola?"
"Nord, nord da quando siamo partiti."
"Oh, com'è possibile?"
"A meno che questo non sia il Polo Nord."
"Il Polo? Scherziamo?"
Il mistero non trovava spiegazioni. Non sapevo più cosa pensare.
Intanto c'eravamo avvicinati a quei campi verdeggianti che era un piacere osservare dall'alto. La fame mi cominciava a tormentare, e anche la sete. Per nostra fortuna, dopo due ore di marcia, arrivammo a una ubertosa campagna, tutta coperta di ulivi, di melograni e di viti che sembravano appartenere a una comunità. E poi nella nostra condizione, potevamo forse badare a certe cose? Con quanta gioia portammo alle labbra quei frutti saporiti e mordemmo quei grappoli vermigli!
Poco distante, in mezzo a un prato e all'ombra deliziosa degli alberi, scoprii una sorgente d'acqua fresca in cui tuffammo volentieri le mani e il viso.

Mentre ci abbandonavamo così a tutte le voluttà del riposo, fra due macchie di ulivi apparve un ragazzino.
"Ah!" esclamai. "Ecco un abitante di questo paese felice."
Sembrava una specie di piccolo mendicante, vestito con estrema povertà, d'aspetto macilento. Sembrava molto spaventato. Infatti, seminudi come eravamo, e con la barba lunga, non avevamo certo un aspetto rassicurante. A meno che quello non fosse il paese dei ladri, eravamo conciati in modo da spaventare tutti gli abitanti. Mentre il ragazzo era sul punto di filarsela, Hans gli corse dietro e lo riportò da noi, nonostante le grida e i calci.
Lo zio fece di tutto per rassicurarlo e cominciò col dirgli nel suo forbito tedesco: "Qual è il nome di questa montagna, ragazzo?"
Quello non rispose.
"Benissimo" disse lo zio. "Si vede che non siamo in Germania."
E gli ripeté la stessa domanda in inglese.
Il ragazzo non disse niente di più. Io ero imbarazzatissimo.
"Che sia muto?" esclamò il professore, il quale, fiero d'essere poliglotta, ripeté in francese la stessa domanda.
Il silenzio del ragazzo rimase immutato.
"Proviamo con l'italiano" fece lo zio. E rivolse la domanda in questa lingua.
"Dove siamo?"
"Sì! Dove siamo?" ripetei io con impazienza.
Ma il ragazzino continuò a non rispondere.
"Ah, questa poi! Proprio non vuoi parlare?" gridò stavolta lo zio in un impeto di collera e scuotendo il ragazzo per le orecchie. "Come si chiama quest'isola?"
"Stromboli" rispose il pastorello. E subito sfuggì dalle mani di Hans e scappò nella vallata attraverso gli ulivi.
Noi non ci davamo più pensiero di lui. Stromboli! Quale effetto fece sulla mia fantasia questo nome inatteso. Eravamo al centro del Mediterraneo, nel mezzo delle mitiche Eolie, nell'antico Strongilo, in cui il dio Eolo teneva incatenati venti e tempeste. E le montagne azzurrine che si profilavano a levante erano le coste della Calabria e il vulcano

che s'ergeva a mezzogiorno era l'Etna! Che viaggio meraviglioso! Entrati da un vulcano, eravamo sbucati fuori da un altro. E questo era posto a oltre milleduecento leghe dallo Sneffels! Le avventure della nostra spedizione ci avevano fatto arrivare in uno dei più armoniosi paesi della Terra. Avevamo lasciato la regione delle nevi eterne per quelle campagne verdi. Sopra le nostre teste s'era allontanato gradatamente il grigio cielo d'Islanda e ora eravamo sotto l'azzurra volta della Sicilia!

Dopo uno spuntino con frutta e acqua fresca, ci rimettemmo in cammino per arrivare al porto di Stromboli. Non ci sembrava prudente raccontare come fossimo arrivati nell'isola. Non c'era altro da fare che presentarsi come umili naufraghi. Era meno glorioso, ma più sicuro.

Camminando sentii che lo zio borbottava tra sé: "La bussola ha sempre indicato il nord! Come si spiega?"

"Parola mia, sarebbe meglio non spiegarlo: è più facile."

"Ci mancherebbe altro! Un professore dello Johanneum incapace di trovare il motivo d'un fenomeno cosmico!"

Mentre parlava, lo zio, benché fosse ancora seminudo e con la sola borsa di cuoio a tracolla, ridiventò il terribile professore di mineralogia che era sempre stato. Un'ora dopo aver lasciato il bosco di ulivi, arrivammo al porto di San Vincenzo, dove Hans chiese il pagamento della sua tredicesima settimana di servizio: la paga gli venne data insieme a calorose strette di mano.

Anche se si commosse quanto noi, si lasciò andare in quell'occasione a un moto di espansione straordinaria: con l'estremità delle dita strinse leggermente le nostre mani e sorrise.

44

Ecco arrivata la fine d'un racconto a cui non vorranno credere nemmeno le persone abituate a non meravigliarsi di nulla. Ma io sono corazzato contro l'incredulità. I pescatori di Stromboli ci accolsero con tutti i riguardi dovuti ai naufraghi. Ci diedero abiti e viveri. Dopo un'attesa di quarantott'ore, il 31 agosto una speronara, una piccola imbarcazione dalla prua sottile, a vela latina e a remi, usata di solito per le merci, ci portò a Messina. Lì alcuni giorni di riposo bastarono a rimetterci da tutte le nostre fatiche.

Venerdì 4 settembre ci imbarcammo sul *Volturno*, uno dei postali delle Messaggerie Imperiali di Francia, e tre giorni dopo sbarcavamo a Marsiglia.

Avevamo in mente una sola preoccupazione: quella della nostra bussola. Questo fatto inspiegabile non mi dava pace. La sera del 9 settembre arrivammo ad Amburgo. Rinuncio a descrivere lo stupore di Marthe e la gioia di Grauben.

"Adesso che sei un eroe" mi disse la mia carissima fidanzata, "non dovrai più lasciarmi!"

La guardai. Sorrideva tra le lacrime.

Immaginate la sensazione che produsse ad Amburgo il ritorno del professor Lidenbrock. Per le indiscrezioni di Marthe, la notizia della sua partenza per il centro della Terra si era sparsa in tutto il mondo. Nessuno voleva crederci.

Quando lo rividero, la gente ci credette ancor meno.

Tuttavia la presenza di Hans e varie informazioni arrivate dall'Islanda modificarono poco a poco l'opinione pubblica. Lo zio diventò allora un grand'uomo e io il nipote di un grand'uomo. Era già qualche cosa. Amburgo organizzò una festa in nostro onore. Allo Johanneum si tenne una conferenza pubblica nel corso della quale il professore fece un'esposizione della spedizione, omettendo solo il particolare della bussola.

Negli stessi giorni egli depositò negli archivi cittadini il documento di Saknussemm. Manifestò poi il suo vivo dispiacere per il fatto che avvenimenti più forti della sua volontà non gli avessero permesso di seguire fino al centro della Terra le tracce del famoso viaggiatore islandese.
La sua reputazione crebbe. Naturalmente tanti onori gli suscitarono contro l'invidia della gente, e poiché le sue teorie, fondate su certi fatti, contraddicevano i sistemi scientifici sulla questione del fuoco centrale, egli dovette sostenere impegnate discussioni, con la parola e con la penna, contro scienziati d'ogni paese. Da parte mia non riesco ad ammettere la sua teoria del raffreddamento e, nonostante ciò che ho veduto, credo e crederò sempre nel calore centrale. Ma confesso che certe condizioni ancora mal definite possono modificare questa legge sotto l'azione di fenomeni naturali. Mentre queste discussioni si facevano sempre più accanite, lo zio provò un vero dispiacere: Hans, nonostante le nostre preghiere, era ripartito da Amburgo. L'uomo a cui dovevamo tutto non volle che il nostro debito fosse pagato: fu vinto dalla nostalgia per l'Islanda.
Un giorno ci disse: "*Farval*".
Con questa semplice espressione di saluto partì per Reykjavík. La sua assenza non lo farà mai dimenticare da coloro a cui ha salvato la vita. E io certo non morirò senza averlo riveduto un'altra volta.
Per finire devo aggiungere che questo libro, *Viaggio al centro della Terra*, ebbe un grosso successo. Fu stampato e tradotto in tutte le lingue: i giornali più autorevoli ne pubblicarono gli episodi salienti, commentandoli e discutendoli con uguale convinzione tra i credenti e tra gli increduli. Lo zio godeva da vivo di tutta la gloria che si era conquistato, al punto che il signor Barnum gli domandò se accettava di essere mostrato nel corso d'una tournée attraverso gli Stati Uniti: gli offriva un fortissimo ingaggio.
In mezzo a tanta gloria un pensiero ogni tanto riaffiorava. C'era un fatto che era rimasto senza spiegazione: quello della bussola. Per uno scienziato un fenomeno senza spiegazione come questo finiva per diventare un supplizio. Ma il cielo aveva in serbo per lo zio una completa felicità.

Un giorno, mentre stavo riordinando nel suo studio una collezione completa di minerali, rividi la famosa bussola e la esaminai. Da sei mesi se ne stava in un cantuccio. A un tratto... Gridai e subito accorse il professore.

"Che c'è?" chiese.

"La bussola..."

"Dunque?"

"Il suo ago indica il sud!"

"Che stai dicendo?"

"Guarda: i poli si sono invertiti."

Lo zio guardò, confrontò e poi fece un balzo tale da far tremare la casa. Quale luce aveva rischiarato contemporaneamente la sua e la mia mente!

"Così dunque..." esclamò appena ebbe riacquistato l'uso della parola, "dal nostro arrivo al capo Saknussemm, l'ago di questa maledetta bussola ha indicato il sud, non il nord!"

"Proprio così."

"Ecco spiegato il nostro errore: ma quale fenomeno ha potuto invertire i due poli?"

"Una sciocchezza... Durante l'uragano sul mare Lidenbrock, quel globo di metallo che calamitava il ferro della zattera deve aver agito sulla bussola."

Il professore scoppiò a ridere: "Era dunque uno scherzo dell'elettricità!"

Da quel giorno non ci fu al mondo scienziato più felice dello zio.

E io fui il più felice degli uomini, perché la mia bella virlandese prese nella casetta di Königstrasse un duplice posto: quello di moglie e quello di nipote.

Indice

Note:

Note: